幸せからやって来た悪魔

井上卓也

万来舎

幸せからやって来た悪魔

カバーイラスト　田沢梨枝子
装丁　小林茂男

1

二〇二〇年、東京オリンピックが終わって、二か月。あれほどの熱狂は、驚くほどの速さで静まり、もちろん東京だけでなく、日本中の熱が冷めていき、祭りの後の寂しさが、日本列島を覆い始めていた。予想された種目でいくつもの金メダルを獲得しただけでなく、予想もされなかった種目でも、いくつかの銀、銅メダルを獲得して、日本中が沸き返ったあの熱狂も終わってしまえば、冷めていくのも仕方がない。

どんな大きなイベントでも、イベントというものは、そうしたものである。

十月も半ばを過ぎようとしていた。残暑も時にはあったが、秋らしい冷気が、日毎に肌に敏感に感じられ始めていた。

山本史郎は、二十八歳。都心にある中堅の広告代理店で、コピーライターとして働いていた。オリンピック前年、大学の演劇研究会で一緒だった佐々木邦子と二年交際した後、結婚した。邦子は商事会社で、総務の仕事をしている。

演劇研究会なんていっても、大袈裟なものではなく、チェーホフのものなんかを、まぁ、いってみれば学芸会風に、学内で半年に一度ほど、発表会をする程度のものであった。

史郎と邦子が、恋人同士になったのは、演劇を通じてというより、気が合ったというか、自然発生的な恋で、自宅が近くで一緒に帰るようになって、そのうち映画を見たり、食事をしたり……といった極めて普通な自然な日々を送るうちに、互いを大切に思うようになっていった。

そんなわけで、その結婚も、家族にも、友人たちにも、とても祝福された、幸せなものであった。

山本家は、父親は信用金庫の部長を務めていて、まぁ普通のサラリーマン家庭で、史郎は一人っ子だった。一方、佐々木家の父親、光緒は高校の数学教師を長年やっていて、邦子も一人っ子だった。史郎と邦子は、一人っ子同士の相性もあったのかもしれない。

邦子の父親には、変わり者というか〝ある意味で〟有名な、雅美という医学者の兄がいる。若い頃から秀才であったが、ほとんど誰とも口を利かずに、勉強一筋で、せっかく東都医科大学という難関に合格して医者になったというのに、いわゆる臨床は一切やらずに、何か史郎にも邦子にも光緒にもさっぱり理解できない、難しい細胞の研究をしているらしい……。

もう五十をいくつか過ぎていたのに、結婚もしないで、噂によれば、ここ二十年以上、研究室に寝泊まりして、研究に打ち込んでいるといった、大学でも〝評判〟の人らしい。

「父もね、兄貴の顔をろくに見ていないっていうの。家庭をもったらどうなんだって勧めるらしいんだけど、叔父ったら、そんな暇はないとか答えるらしいわ。父なんか、ちょっと頭があやしいんじゃないかって言ってる」

邦子も半分笑いながら、若い夫にそんなことを言っていた。

「まぁ、大秀才なんだろうし、羨ましいよ。そのうちに、ノーベル賞でも取るような大発見するんじゃないか」と、半分冗談風に言って、

「俺の家なんか平々凡々さ。でも、まぁ、それも幸せの一部かもしれないけど」

新婚夫婦の会話は、そんなふうに時々、その変わった〝大学者〟の雅美叔父の話題に触れたりするが、それはたまのことであって、普段は全く話題に上らない。

オリンピックの最中の八月半ばに邦子が生まれたばかりの猫を拾ってきて、獣医に持っていったら、

「いやぁ、危なかったけど、もう大丈夫」と獣医は言って、おかゆのような特殊なペットフードを渡されて、小さなゲージに入れて育てたら、三か月で見違えるように大きくなった。

二人が勤めている平日は、フードと水とトイレを狭いゲージに入れて、〝天ちゃん〟と名付

けられた猫は、その中でほとんど寝て暮らしているけれど、帰宅後や土日は、横浜郊外にある住宅街の2DKのアパートの六畳半の部屋に放されて、うれしくて走り回っている。

天ちゃんの名前の由来は、天からやって来たという意味である。邦子は妊娠したらどうしようと思いながらも、今のところそんな兆候がないので、夫婦で可愛がって育てている。それにしても成長が速いのに、二人とも驚いた。

佐々木家は犬を飼ったことがあるが、犬に比べると遥かにすごい猫の野性と時々対決させられる。とにかく平日の朝に出勤前、ゲージに入れようとすると、これが一大格闘だ。オスということもあるが、生まれて三か月で、もう充分に〝野性の証明〟を示している。史郎ももちろん手伝うが、両手にひっかき傷だらけ。大人になったらどうなるのか心配してしまう。

まぁ、そんな格闘をしてから、二人は出社するわけだ。

オリンピックが九月の初めに終わり、もはや十一月。ますます秋は深まり、都心の会社に行くために乗る私鉄の最寄り駅まで、上り坂で十分。秋の冷気に包まれているとはいえ、はぁはぁ言いながらの結構いい運動だ。猫との格闘十分、急ぎ足で上り坂十分。朝からエネルギーを使う。

ところが、ある朝、もう冬がそこまで来ようとしている十一月の末。深い秋の日に、この夫婦にとって、というより、山本家と佐々木家にとって、いや、もっといえば、日本中の家庭にとって、いや、世界中の家庭にとって、驚愕すべき事件が起こった。

2

十一月の末といえば、オリンピックのあの大喚声も、もう遠い彼方の星々に吸い込まれてしまった頃のことだ。

ある朝、出勤時間から駅の周囲が騒がしい。住宅街の中にある普段は静かな、慎ましい駅である。その駅の周辺で、というより、駅の真ん前にある、スーパー周辺で、出勤姿のサラリーマンたちが、「うわー、凄い」とか、「えーっ、大ニュースだ」とか、皆が皆、うれしそうに大声を出している。号外、号外という声も聞こえている。

そんな小さな駅前で、号外なんて声を聞いたこともない。よく見ると、新聞を配達してくれている青年が、号外を配っている。

「号外です。大ニュースです。癌の特効薬発見。どんな重体の癌患者も、この薬で、一週間以内に完全に治ります」

新聞配達の青年は、そんなことを叫びながら、号外を、もちろん無料で配っている。

その日は、邦子が会社の創立記念日のために休みで、史郎一人で駅に着いた。どんな大ニュースがあろうと、会社には行かなければならないので、史郎は号外をひったくるようにもらって、電車に飛び乗った。

号外には大見出しで、『**癌、地球から消滅**』と出ている。

それを見て史郎がまず第一に考えたこと。〝変な夢を見ているんじゃないだろうな。オレって時々訳のわからない夢を見るからな。でも、夢にしては何か変だ。乗客たちも皆手に号外を持ち、夢中で読んでいる。窓外には、いつもと何も変わらない景色が流れている。このリアリティからいって夢であるはずがない〟

次の駅からも手に手に号外を持ったスーツ姿の男女がドンドン乗り込んでくる。

第二に考えたこと。

よくある、インチキとまでは言わないけれど、功を急ぐ余りの〝大外れ〟ということ。今まで、いったい世界中で、どれくらい癌の特効薬発見とか、その昔は結核の特効薬発見とかの夢幻物語が大ニュースになったことか。

しかし、そんなニュースはやがてしぼんでしまう。ごく一部の患者が一時的に少し良くなったとか、癌細胞に一時的に縮小が見られたとかいう、本来ささやかであるべきニュースが、まるで大本営発表のように大袈裟に伝えられ、やがて消えていったことが何度あったことか。ひどい場合は、その薬らしきものを飲んだ患者が間もなく亡くなったとか、そんなことも珍しくなかった。

史郎は、このニュースもやがて寂しく消えていくのではないかと疑った。そうに決まっている……史郎は、窮屈な満員電車の中で、やっと体を支えながら、そんな思いに浸っていた。やれやれ、また空騒ぎかと……。

号外の大見出しは新聞によって違うけれど、全部、驚愕の大発見を伝えるものばかりだ。

『どんな末期の癌も完全治癒』

『癌よ、さようなら、永久に』

とか、すごいものばかりだ。降りなければならない有楽町駅が近付いてきた。駅前は号外にたかるすごい人の群れだ。電車の中は混んでいたので気が付かなかったけれど、電車を降りてみると、史郎の目に、なんだ、やっぱりすべてが夢だったんだと思わざるを得ない活字が飛び込んできた。

一人のサラリーマンらしき男が手にしている号外には、**『東都医科大学の佐々木雅美博士、世紀の大発見』**となっているからだ。

佐々木雅美とは、我が妻、邦子の叔父ではないか、あの変わり者の。

とにかく史郎は、会社へ急いだ。その間に妻に携帯で連絡した。携帯は全然つながらない。彼女は親たちと話しているのか、それとも友人たちからの祝福の電話の嵐なのか、何がなんだかわからないが、とにかく全然つながらない。

　会社に着くといつもと様子が違う。広告代理店であるから、テレビがついているのは普通のことだが、普段は仕事の必要上、ＣＭを見るために、民放がついていることが多いのだが、その日に限っては、どのテレビもＮＨＫがついている。彼の席の周りの社員たちもＮＨＫに釘付けだ。だれか専門家らしい男が明るい表情で解説している。

　スーパーを見ると、清東大学医学部の西本和夫教授とある。どうやら癌細胞の研究者らしい。

「この療法の、何より素晴らしいのは例外がないということです。今までは、世界中の優秀な医学者たちが、免疫療法での治療に必死に取り組んで、一部には、一定の成果もあったのですが、あくまでも、一部の患者の一部の症状に効くという、限られたものに留まっていました。人間の体がもともともっている免疫の力でもって、癌細胞の増加や転移を抑えようとする考え方のもとに、世界中の研究者たちが取り組んできたのですが、残念ながら、世界中の叡知をもってしても限界がありました。世界の優秀な医学者の中には、癌はいわゆる病気ではなく、人間の生命の限界そのものと根本で深く結びあっていて、そもそも治療しようとすること自体に無理があるという、半ば絶望的な説を唱えている学者もいて、その実、私も必ずしもこの意見に、反対していませんでした。というのも、癌という病気は、一億年以上

も前に生きていた恐竜の死因でもあったことが、その化石の分析調査からわかっているからです」

解説者への理路整然と誰にでも理解できるように説明を続けている。

邦子への携帯は依然としてかからないし、邦子からもかかってこない。まさか何か事故でもと、史郎が心配していると、そこにやっと携帯が鳴った。

「叔父さん、ほら、家族が誰もいないじゃない。だからマスコミの電話、全部、実家にかかってきちゃって、父も母も目茶苦茶な状態なの。あたしもすぐ駆け付けてきたんだけど、そのうち、記者の人たちもやってきちゃって、あなたに電話するどころじゃなかったのよ。叔父さん本人も大学から実家に逃げてきちゃったから、なおさら大騒ぎ。あなたにもあたしの実家に帰ってきてほしい」

邦子の様子だと、今、邦子の実家は、オリンピックの金メダル何個か分の騒ぎらしい。けれども、史郎だって仕事があるし、特に今日は、史郎が担当しているちょっと大きな製薬会社の風邪薬のプレゼンテーションの日だ。とても早退なんてできるわけもない。第一、佐々木雅美博士が史郎の妻の叔父だなんて誰も知るわけがない。

テレビは続けている。

「しかし、このたびの佐々木博士が開発された治療法は、今までの免疫療法に根差したもの

とは全く違い、思いもよらなかった、ある意味で、失礼を許していただいて言うならば、こんな簡単なものの考え方があったのかと言ってもいいものかもしれません。それほどまでに、我々、癌研究者の研究の隙を見事についたものでした。人間も、各々食べ物の好みが違うように、ビールスにも食べ物の好みがある。いわゆる蓼食う虫も好き好きという諺の下に、博士は二十年以上にもわたって、研究室に一人で閉じこもって寝泊まりし、ビールスの食べ物の好みの違いを研究し続けていたのです。そして、何よりも癌細胞が、その種類が違っても大好きだというビールスを見つけたのです。博士がこのビールスを、注射を使って癌患者の体内に入れると、癌細胞を食べ尽くし、しかも、健康細胞には、全く興味を示さないという、我々人類にとっても、動物たちにとっても、すべての生きとし生けるものにとって、これ以上の幸せはないともいえる発見をされたのです。佐々木博士は、このビールスに、キャンサー・イーター・ニッポニアという学名を名付けて……」

テレビでは、延々と専門家の説明が続いていた。しかし、いつまでもテレビに齧り付いているわけにもいかない。テレビを見ている社員たちの顔が明るい。大地震が来たというニュースとは真反対のうれしいニュースだ。史郎は、社員の明るい顔に別れを告げて、午後からのプレゼンテーションの準備をしなければならない。スタッフに会議室への集合がかかった。七、八人のスタッフが会議室に集まったが、どの顔も幸せ顔だ。中に一人、遅刻でもしたのか、何も知らない社員がいてポカンとしていた。

会議室に入っても、皆、仕事の話そっちのけで、テレビの解説の話題に、まだ夢中になっていた。

「ほら、セールスプロモーション局の大宮さん、お嬢さんが、小児癌とかで、毎日暗い顔されてましたが、さぞかし喜んでるでしょうね。どんな癌も一週間以内で治すっていうんだから」

若い営業担当が、そんなことを言った。

「まさか、とんでもない間違いで、鼠には効いたけど、人間には全然駄目なんて話じゃないでしょうね。あたしも、今、母が乳癌なんです。一応、まだ初期とは言われているんですけど」

史郎と一緒に仕事している、コピーライターの上山礼子が言った。

風邪薬会社担当の営業部長の中野英三が割って入って、

「まさか、NHKがあそこまで言ってるんだから、そりゃないだろ。上山、お母さん良かったな、おめでとう。ところで、そろそろ仕事に入るか」

そこで、やっと普段の会議の雰囲気に戻った。

史郎はいつもどおりに、といっても、その日は、代々木公園の側にある小さな戸建ての邦子の実家に夜八時に着くと、雅美叔父がリビングルームにある食卓に座っていて、大勢の記者たちに取り囲まれていた。実家に着く途中からテレビ局の中継車が何台も停まっていて、ものものしい雰囲気だったから、予見はしていたが、邦子の実家を囲んで、何百人ともいえる記者たちが、家の外に溢れ返っていた。

なかには外国人たちも大勢見えた。家に入ると、新聞社か放送局か知らないが弁当を用意してくれていて、史郎も弁当を受け取った。

「あなた、今日は一日中、この騒ぎよ。今晩は家には帰れそうもないから、駅前のビジネスホテルに叔父とあなたと父の部屋を取ったわ。今夜はあたしと母で記者さんたちのお世話をするわ。早く帰れとも言えないし。この人数じゃお茶も入れられないけど。あのSTAP細胞騒ぎも、きっとこんな有様だったんでしょうね、あれは研究所の中だから、まだましだけど。叔父ったら朝から実家に逃げ込んで来ちゃうんだもの。普段は全く顔を見せないくせに」

邦子は立て板に水といった調子で喋り続ける。まさかこんなことが起こるなんて誰も予想してないから仕方ないけど。

とにかく翌朝、史郎はビジネスホテルから会社に電話して有給休暇を取って、邦子の実家に帰ってきてみると、いつホテルから帰ってきたのか、叔父さんの格好ときたら、まるで大昔、どこかの島で発見された元日本兵か、ホームレスといった姿。ろくに髭も剃らないで、髪は伸び放題、どこから見ても大学者にはとても見えない。そんな雅美叔父を朝から取り囲む記者もたじたじだ。

「ところで先生、本当に効くんでしょうねぇ、ネズミだけに効くんじゃなくて」

なんて、社内でも出たような失礼な話がとび出す。叔父は答える。

「実は半年前から、動物だけじゃなく人間にも、もう使っていて、一例の例外もなく治癒することを確かめたうえでの発表です。ご心配なく。すでに大きな病院ではご存じの先生も多かったのですが、一例の例外でもあっては意味がないので、慎重のうえにも慎重を期しての発表です」

記者たちは、病院などへの取材などで、わかっていたこととはいえ、どよめきや大きな拍手がわいた。

「これで、癌という業病が世の中から消えたといってもいいわけですよね」

「はい、そうはっきりと断言してもいいと思います」

叔父の佐々木雅美は、誇らしい表情でそう言い切った。

このニュースはその日のうちに世界中を駆け巡り、翌日の朝から世界のトップニュースは、すべてこのニュースだった。

　こんな明るいニュースが、世界中のテレビニュースのトップを飾るなんて、古い表現で恐縮だが、〝戦後〟初めてのことではないだろうか。若い史郎や邦子にははっきりとはわからないが、傍らにいた年配らしい記者に聞くと、間違いないと断定する。

「戦争なんかの政治事件は別とすれば、世界史始まって以来の大ニュースですよ。佐々木先生、来年のノーベル賞確実ですね。一個なんかじゃなくて、三個くらいあげたいですよ」

　年配記者は興奮して言う。

　翌日は土曜日だったから、史郎も邦子も、今日の有給休暇を入れて三連休だ。だけど邦子は言う。

「あたしは父や母の手伝いをしなきゃならないから、会社は無理だけど、あなたは別にいても仕方ないから、会社に行ってもいいわよ」

　史郎はせっかく電話で有給届けもしたし、今日もまた、すごい記者の群れはわかっていたから、とりあえず会社には行かないで家に帰ることにした。猫も心配だし。

　とにかく、邦子の叔父、佐々木雅美博士は、瞬く間に世界中の有名人になった。ガリレオやエジソンやアインシュタインのように。日本国民にとって、世界のどこを向いても、誇らしい人間の一人になった。

逆に言えば、癌という病気が、いかに全人類にとって恐怖の対象であったかがよくわかる、そんな大発見だったのだ。

この大発見後の大きな変化は、癌専門の国公立病院が解散されたこと。その長い使命に幕が下ろされたのであった。

「あれっ、胃が…もしや癌…」

と震え上がっていたのは、つい二年前までのことだった。

今や、医師も患者に、

「癌ですから、ご安心ください」

という、笑い話のようになってしまった。癌専門病院が解散になったのは世界中のことであった。なにしろ、癌の存在が判明したら、すぐに、まるでインフルエンザの予防注射でもするように、一回だけの注射で、わずか一週間で効果が完全に発揮されて、癌は跡形もなく全身から消えてしまい、その効果は一生消えることはないのだから。

佐々木雅美博士もやがて病院に戻り、また普段の生活に戻った。癌退治というとてつもない仕事をやり遂げたのだから、もう研究室に閉じこもる習慣は止めにするのかと思いきや、それが彼の生活の完全な習慣になっていたせいか、また病院での寝泊まり生活に戻ってしまった。もう誰も、彼の生活態度を批判する者はいなかった。

博士のことだから、しばらくしたら、またとんでもない大発見でもするだろうと。もっとも前と違うのは、大学側が、ちょっとしたホテルのスイートルームみたいな豪華な部屋を博士のために用意した。ノラネコの巣のような部屋から、スイートルームへ。なにか博士にそぐわないような感じもしたけれど。

3

佐々木雅美博士のキャンサー・イーター・ニッポニアの発見から、つまり前年の二〇二〇年十一月末から、ほぼ一年。二〇二一年の十月半ば、スウェーデン王立科学アカデミーはノーベル医学生理学賞の授賞者として、日本の佐々木雅美博士を選出した。世界中からすでに、授賞が決定的な候補者として名前が挙がっていたが、その予想どおりの授賞であった。これほどまでに授賞予想が決定的であった学者も珍しい。日本中の各地では、またまた号外の声が巷にあふれ、テレビには、昨年の大発見発表のときよりも少し清潔になった佐々木博士の顔が、一日中出ずっぱりであった。わが国ではもちろん、その授賞は当然と受け取られ

た。博士は祝福のインタビューに答えて、

「私のような、周りの先生たちみたいに秀才でも何でもない男が、こんな栄誉に浴するなんて……。要は、何でも根気ですね。自分の頭の悪さを、ビールス研究ひと筋に割り切って、補ってきた結果が、こんなご褒美をいただいたことにつながったと思っております。皆さん、根気ですよ」

と、博士の人柄をしのばせる、そんな挨拶だった。

邦子の実家に、ご本人の雅美博士、邦子の父、母、邦子、史郎、史郎の父、母と、家族全員が集まって取り急ぎお祝いをした。家の外には、昨年の発表のときと同じように、テレビ局の中継車や、テレビ、新聞、雑誌の記者たちが、テント村まで作ってあふれ返っていた。

日本からは、すでに多数のノーベル賞受賞者が出ていたが、今回はどの人間にとっても身近な恐怖の対象を解決したことによる授賞であったから、国民の喜びもまた一回り大きかった。

やがて、スウェーデンでの授賞式があり、雅美叔父は独り者であったから、邦子の母、和子、つまり、義妹が妻代わりに付いて行くことになった。なにしろ、学問一筋で、身の回りの世話が一切自分ではできない男なので、晩餐会に着ていく格好の世話から、髪の毛の手入れとか、その他諸々の雑用係として誰か付いていかないことには、世界に恥をかいてしまう。

そして共同受賞者がいなかったから、日本円で手取り一億二千万円の賞金を授与された。半分を大学に寄付し、後の半分は独り者の自分の老後のためにと言って、銀行に預けた。もう癌で死ぬ恐れはないが、歳を取れば、血管系の病気やアルツハイマーが待ち受けていることには変わりがなかった。

佐々木雅美博士のノーベル賞受賞記念演説のタイトルは、日本語で『コンキ』というものであって、大変な評価と拍手をいただいた。佐々木雅美の名前は、日本人初のノーベル賞受賞者、湯川秀樹博士のように、日本人にとってほぼ永久に忘れられない名前となるに違いなかった。

4

やがて佐々木家、山本家のノーベル賞騒ぎも、オリンピックの熱狂が収まっていったように収まっていき、また平静な日常が戻ってきた。オリンピックから一年三か月、ノーベル賞騒ぎからもひと月、もう師走だ。史郎も邦子も普通の通勤が始まっている。会社でも彼らを好奇な眼で見る者もいなくなり、邦子の両親の生活もすっかり落ち着いたようだ。

ところでやっと騒ぎが収まったところに、山本史郎、邦子夫妻には幸せな、ささやかな異変が起きていた。邦子は土曜日のある夕食時、「あなた、あたし妊娠したかもしれない。何か、そんな予感がするの。このところ生理が来ないし、何か食欲が今ひとつなの。あそこに、日曜日もやっている産婦人科があるから、診てもらってくるわ」

史郎は驚いた。その驚きの中身は、突然父親になる覚悟をしなさいと、神様に言われているような。その言い方がちょっと大袈裟なら、えっ、ついに俺も父親か……という、責任感とでもいえばいいか。

妊娠なんてものは、結婚している以上、いつでもやってくるものとはわかっている。まぁ、なにか照れくさいものではある。しかし父親にとっては、その程度のものかもしれないけれど、母親にとってはそんな簡単なものではない。妊娠、悪阻、出産、育児……と、続々と難題が襲ってくる。といっても、これも人類が何十万年も繰り返してきた、当たり前の〝責務〟みたいなもの、これがなければ、人類なんてとっくにこの世に存在してないのだから。

「そうか、とにかく医者に行ってこいよ。妊娠以外の何かの婦人病ってこともありえるし」

史郎はそんな答え方をした。でもすでに史郎の心の中では、男の子かな、女の子かな、名前はどうするかな……と、うずうずするような楽しみが芽生えていた。もともと史郎は子供が大好きだったから、邦子の告白に大きな期待をした、明日が楽しみだと。

翌日の日曜日、十一時頃、邦子は産婦人科から帰ってきた。

「大当たり。もう妊娠三か月で、男の子だって。叔父さんもだけど、ウチでもささやかなノーベル賞ね……」

と、顔を赤らめた。

「邦子、おめでとう。これから大変だけど」

「これからはいろいろあたしを手伝ってね。今までみたいにはいかないわ。あたしね、病院の帰りにいろいろ考えたんだけど、ちょっとあなたに相談したいことあり。これから大変なことあるし、あなたにもいろいろ迷惑掛けると思うの。だから突然だけど、会社辞めるわ。しばらくはお腹の赤ちゃんに無理かけたくないし、生まれてから小学校に上がるくらいまでは、専業主婦になって、あなたの面倒と赤ちゃんの世話、専門にしたいのよね」

「うんうん、わかるよ、普通の家だったら、奥さん、妊娠してもなかなか会社辞められないけど、ウチには幸い、アレがあるし……。叔父さんに奥さんも子供もいなかったお陰だけど」

史郎がそう言うと、邦子は少し表情をきつくした。実は雅美博士は、老後の貯金といいながら、邦子の両親に一千万円、史郎と邦子の夫婦にまで、七百万円をくれたのだった。お前たちにも世話になったお礼だ。この金は困ったときに使いなさいと。史郎夫婦は別に叔父にお礼を言われるようなことは何もしていないけれど、遠慮なくいただいた。本当に、このお金で助かるときが来るかもしれなかった。

「普通あんなこと、あり得ないわよ。叔父さんのお金を、専業主婦に暮らし替えするために大事に使わせてもらいたいの」

邦子はそんなことを言った。

「賞金をくれたのは、邦子の叔父で俺の叔父じゃないから、俺は意見を言う資格はないけど、お前がそう思うんだったらそうすればいい。天から降ってきたお金なんだし。でもとにかく、お互いに大事に使おうな。俺なんか安月給なんだし、将来何があるかわからないし。子供なんて、また生まれてくるかもしれないし」

「それはもちろんよ。それはわかっているわ。でもとにかく会社辞めることは決めた。来週、部長に話すわ。あたしなんか、会社の大事な仕事やってるわけじゃないんだから」

邦子は、そう決意を述べると、

「来週あたりから悪阻が始まるみたい。ろくな食事作れないかもしれないけど、ごめんね」

「そんなことはどうでもいいよ。俺は男だからよくわからないけど、あれは個人差が相当あるみたいなんだな。ウチの母なんて、よく言ってたけど、あたしって犬かしら、申し訳ないみたいに悪阻って感じなかったなんて。邦子もウチの母に話聞いたら」

「あたしもあなたのお母さんみたいに犬だったらいいわ。悪阻も軽いし、安産だし」

「そうそう、母ったら俺を産むとき、お腹が一つ二つ痛かったらもう産まれちゃったんだって。ほんとに犬だな」

二人はそんな話を突然のごとくした。今から一時間ほど前に、産婦人科の女の先生から、「ご懐妊です。おめでとうございます」って言われたばかりなのに。まぁ初めての妊娠なのだから。大事件なのは仕方ないけれど、特に邦子には。

5

邦子が会社を辞めて専業主婦になってしばらくしてから、史郎は大きな仕事と格闘するようになっていた。

史郎の勤める会社、ハッピネス通信は、広告代理店としては中堅どころだったが、ここ十年、広告代理店の競争はますます激しさを増していた。大きな売上げにつながる仕事を奪い合うこと、昔から広告屋の仕事はそれに尽きていたが、今は大きな仕事を落とすと、経営の根幹を揺さぶられかねなかった。現に、最近まで中堅と思われていた代理店が、アッという間に倒産した例もあった。

史郎は、邦子も通った一応知られた私立大学を出て、すぐにハッピネス通信に就職した。ハッピネスは戦後の設立であったが、いわゆる〝街の広告屋〟時代を入れれば、戦前からあった老舗ではあった。

戦後、街の広告屋が、経済の復興とともに広告代理店と名乗って近代ビジネス会社化を始めた頃に、浦山三郎という担当者の献身的な努力で、大手の電気会社にかわいがられ、その系列会社の仕事も半分ほど頂けるようになって、今の中堅の地位を確保したのであった。

浦山は後に社長として長い間頑張ったが、今は八十二歳。しかし、依然として会長として目を光らせている。八十二歳といえば大変な齢だが、昨年、手遅れ気味の大腸癌が見つかり、今までだったら亡くなっていてもおかしくなかったのだが、例のキャンサー・イーター・ニッポニアのお陰で、アッという間に回復。依然として会長職として毎日出勤している。

史郎は、その会長の大恩人である、雅美博士の義理の甥であったが、そんなことを知る者は誰もいない。知られていたりしたら重荷で仕方ない。プライベートは、仕事の敵である。

史郎は、ハッピネスではクリエーティブ局と呼ばれる、CMを作ったり新聞広告や雑誌広告を作ったりする職人部門に配属されていたが、もともと文章を書いたりするのは好きだった。

ある日、廊下を歩いていると、坂田和親という営業担当の役員から声を掛けられた。

「おい、山本君、明日、午後二時に時間が空いていたら、俺の部屋に来てくれ。少し仕事の頼みがあるんだ」

史郎はちょっと驚いた。中堅といっても千人ほどの社員がいる。名前を知られていたことだけでも驚いたが、社長になってもおかしくないような偉い人から、仕事のことで声を掛けられたとはいったいどういうことだろうかなと思った。まさか、邦子の叔父のことが……と頭をかすめた。普段は仕事のことであれば、CD（クリエーティブ・ディレクター）と呼ばれる直属の上司から声を掛けられる。CDとは制作部長のこと。

「おい、山本、今度神奈川ベッドから新発売のマッサージ付きベッドの新聞広告の仕事があるから、月曜日に営業の佐藤から話を聞いてくれ」

とこんなふうに具体的な話が来る。

それが重役から、史郎のようなただのコピーライターに直接仕事の話があることはまずない。これは間違いなく……と史郎は思った。つまり、浦山会長の謝意が間接的に伝えられるのだろうと。

帰宅してから邦子にそんな話をすると、

「会長さんも意外とシャイなところがあるのね」

と、邦子はそんな言い方をした。まだ邦子のお腹はそんなに目立っていなかったし、悪阻もひどくはないらしい。

　翌日、役員からの伝言どおりに、午後二時に坂田役員の部屋に向かうと、ソファーを指して、

「まぁ、座りたまえ」

　と、ゆったりした表情で言う。

「担当コピーライターの君に、こう言ってはなんだが、直接役員からの仕事の話も驚いたかもしれないが、噂によると、君は我が社でただ一人、お隣の国の言葉を上手に話すことができると聞いたものだからね……」

「え、役員、どなたからお聞きになったのですか。確かに全然知らない人から比べると、少し話せますが、いわゆるカタコトです。三年くらい前に、会社の同期の連中と三泊四日で、韓国旅行をしたのですが、よくあの国を旅行した人がはまる病気に僕もはまってしまいまして、ハングル文字にやたらと興味をもってしまいました。あの不思議な文字に」

「ほう、それは大事なことだ。ほかの連中と違って、君だけはまったというのは、君の才能だよ。俺なんか、この頃、駅で案内のハングル文字を見るけど、どこかの古代文字か宇宙人の文字みたいに見える」

　と、役員は笑いながらそんなことを言ったと思ったら、

「いやね、俺のアイデアで車の話だけど、ウチみたいな小さな代理店は、トヨタしかニッサ

ンとかマツダとかさ、ああいう、大メーカーは、〝汐留*さん〟や〝田町*さん〟に任せてさ、ああいう大手さんがやらないお隣りの国の自動車の広告をウチがしてもいいんじゃないかと思うんだよ。もうここ何十年も日本で、お隣の国の車が走ってないっていうのもおかしな現象だと俺は思ってるんだ。もっともアメリカの車だって、見ないけど」（＊汐留と田町にそれぞれの本社がある大手広告代理店のこと）

役員が、そんなことを唐突に話したことに史郎は驚いた。確かに極端にいえば、史郎が生まれる遥か以前の、一九六四年の東京オリンピックの頃から、今回のオリンピックが終わった今の時点まで、日本人は、日本国内で韓国車をほとんど見たことがないかもしれない。一台や二台、見たことあったかもしれないけれど、見たことがないのと同じだ。

日本で外車といえば、ほとんどドイツの車。ベンツやＢＭＷのような高級車、アウディのような中級車、ワーゲンのような大衆車をやたらと見る。しかしほかには、イギリスやフランスやイタリアの高級車をちょこちょこ見るくらいで、アメリカ車ですら、たまにシロナガスクジラみたいな馬鹿デカイ怪しげな車を見たりするくらいで、大衆車は全然見ない。

そして、役員の言うごとく、一番近いお隣の国の車を見ることはほとんどゼロといってもよい。

「役員、確かに不思議ですよね。僕、ハングルにはまってから、自費で時々ソウルに行くことあるんですけど、タクシーでも、乗り心地のいい車がうようよ走っていて、日本の車と何も変わりませんよ。なんででしょうね」

「あのな山本君、その君の何ででしょうねを、君なりに少し研究してくれよ。アメリカじゃ韓国車がやたらと走ってるじゃないか。この話は君の上司の加藤に話しておくから、普段の仕事は普通にやりながら、暇な時に何かアイデアでも浮かんだら、俺に報せてくれ。俺、この前、ソウルの＊現時代自動車のキム社長を表敬訪問したんだ。機会ができたら、日韓自動車広告新時代を築きましょうって。キム社長も真剣な顔で、俺と堅い握手をしてくれたよ」

（＊架空の会社名です）

坂田役員はそんな言葉に付け加えて、

「俺は出掛けなきゃならないから、今日はこれまでだ。今度は加藤ＣＤも加えて、ゆっくり飯でも食いながら話そう」

と言って、部屋を出て行こうとした。史郎は、

「お仕事ありがとうございます」

と、礼を述べた。

史郎は、思いがけない話にとにかく驚いた。ほんの趣味でやっていたことが、仕事につながるなんて考えてもいなかった。

叔父の大発見の話で浦山会長のことでも言われるのじゃないかと思い込んで行ったことが全く外れたのがうれしかった。

もちろんお隣の国とはいえ、歴史や国情の違いで、今までも挑戦した人もあったはずだが、車以外のことでも難しい壁に突き当たってしまっているというのが実情だろう。史郎だって、それくらいのことは想像できる。これは、大変な仕事をおおせつかったな、と胸が震える思いだった。

考えてみると、だいぶ昔、まだ学生時代に韓国製のバスを見たことがあった。それが、史郎のただ一回の国内韓国車〝体験〟だった。そんなことを思い浮かべながら自分の部屋に帰ってみると、インスタントラーメンの仕事が待ち構えていた。

6

七時半に帰宅すると、猫、天ちゃんが大暴れしていた。まだ生まれて何か月かの赤ん坊だから仕方がないが、暴れ方が普通でない。わずか六畳半の部屋の隅々を駆け回ったと思ったら、天井近くまで壁をよじ登り、飛び下りたと思ったら人の足に齧りついてくる。痛い。やっとつかまえて、狭いゲージの中に突っ込んだ。邦子は意外と平気な顔をして、

「赤ん坊猫なんてあんなものよ。男の子でしょ。特に」

と、涼しい顔。

「この子が生まれてくる頃には、もっとずっと大人になってるわ。心配いらない」

と言いながら、お腹をさすっている。

気を付けてみると、ほんの少しお腹が出てきている。

「結局、悪阻大したことなかったわ。あたし、お義母さんタイプみたいね。運が良かった」

と言いながら食卓に簡単なおかずを並べている。御飯にサバの味噌漬けにアボカドサラダ。

「あーっ、おなか空いた」

史郎が言うと、邦子も、

「あたしも。悪阻がひどかったら食べるどころじゃないわね」と、にこにこ顔だ。

「あなた、天ちゃんにペットフード足してあげて」

史郎は、狭いゲージの中にある、小さな金ダライの中にフードを入れながら、

「今日さ、役員からとんでもない仕事もらっちゃった。韓国車が日本で全然売れないのはなぜか研究しろだって。誰かが、俺が韓国語ペラペラだなんて、超オーバーなこと言ったらしいんだ。アンニョンハセヨも知らない人には、俺のカタコト韓国語がペラペラに聞こえるんだよな」

「ハハハ。あなた時々自慢気に韓国語、喋ったりするじゃない。焼き肉屋なんかで。あれで、バチが当たったのよ」

邦子は人の気も知らないで笑っている。

「なんかさ、昼間テレビ見てたら、何とかいうタレントさんが、後一週間ぐらいの危篤状態の癌から救われたとか、まだ叔父の特集やってた。小児癌から三歳の息子が救われたお母さんが、ワンワン泣いたり……」

「まぁ当分の間は、昼のワイドニュースはそんな話ばっかりだろ。ところでさ、役員からそんなこと言われたって、わかるわけないじゃない。お隣の国の車が、日本で売れないわけなんて」

史郎は、邦子に甘えて自分の苦境を伝える。

「そう言われれば、あたしって韓国行ったこともないし、日本で韓国車見たこともないばかりか、韓国車がどんな形してるかも知らない。名前だってなんにも」

「だけどウチのテレビ、サムソンだし、よく見たら電気製品、韓国製だらけ。だけど、なんで車だけ売れないかな。今まで考えたこともなかったけど、役員の言うこともわかるな。アメリカじゃ、韓国車だらけらしいぜ」

「メチャクチャ安売りしてるんじゃないの。新車で五十万円とか」

「そんな馬鹿な。そんなことしたら、会社つぶれちゃうよ。車って作るのに金かかるんだから」

「あたしにも全然わからないわ。あなた、仕事なんだからよく考えてよ。案外、大出世のきっかけだったりして。日韓自動車新時代のヒーローなんて言われたりして」

「叔父さんじゃないんだから、そんなことになるわけないだろ。おだてたって駄目なものは駄目」

普通の夫婦の会話がすっかり戻ってきた。大騒ぎは去ったのだ。あと半年ほど経てば、また、『出産』とか『子育て』とかの普通の大騒ぎが始まるけれど。

7

史郎はまだ高校生だった。山本家の祖父の小さな寝室の寝床の回りに、七、八人の親族が集まっていて、医師、看護婦は点滴の準備に追われていた。祖父は呼吸が苦しそうだったが、何かを言いたそうだった。よく聞いてみると、

「眼が見えない。眼が全然見えない」と言っているように史郎には聞こえた。

医師は祖父の痩せきった腕に抗癌剤らしきものを点滴しようとしていたが、考えた末にや

めたようだった。

山本家が当時住んでいた大田区の裏町で開業していた内科医で、腕よりも人柄といったタイプの医師で史郎も風邪を引いたときなどによく診てもらった。

「眼が何とやら言われているようですが、皆さん、ここまでくると、同じようなことをおっしゃいます。癌が脳に転移しているために意識も混濁しておられます」

医師は史郎の夢の中で、そんなことを言っていた……。

史郎はなぜこんなリアルな夢を急に見たのか、自分でもよくわからなかった。夢といっても、実際にあったことだ。祖父は当時八十二歳、まもなく亡くなった。今ならあんなに苦しまなくてもよかったのにと、史郎は夢から覚めて思った。

「ああ、変な夢を見た」

史郎はそれだけ言うと、邦子には夢の中身は言わなかった。妊娠中の邦子にそんな話はしたくなかった。

「役員から言われた仕事がプレッシャーになってるんじゃないの」

邦子は、それだけ言って、

「まだ四時よ、もっと寝ましょ」と言うと、少し史郎に体を寄せた。

「坂田役員、お部屋にお邪魔してもよろしいでしょうか」

史郎は、韓国自動車業界のことを少し勉強して知ったことを役員に話してみることにした。タバコを吸わない史郎には、役員室は少しタバコ臭かったが、ソファーに座らせてもらった。

「どうだね、山本君、何かヒントめいたものはあったかい」

役員は優しく尋ねた。

「少しネットで調べたり、商社に勤めている、韓国に詳しい友人にも尋ねてみました。ご存じかと思いますが、現時代自動車は、もう昔のことですが、主力車種のセレナーデを中心に、一時都心にディーラーをもったことがありましたが、結局、日本では現時代自動車にブランド力がなかったために、まもなく引き上げてしまいました。失敗は、まさにブランド力がなかったことに尽きると思います。韓国には、今いくつかの自動車メーカーがありますが、大きなものは二つしかなく、その二つで売上げの八〇パーセント以上を占めています。ところが、現時代自動車はもう一つの大きな会社だった銀亜社*を傘下に入れて、ほとんど寡占状態です。他にもう一つあった会社はアメリカの大手の資本下に入ってしまいましたから、ほとんど、事実上、現時代自動車しかありません。役員はこんなことすべてご存じかと思いますが、一応お話しさせていただきました。僕の経験からいっても、中級車のセレナーデ*は、乗り心地も性能もいいんですが、決して安くありません。その上、一見期待しても良さそうな在日の方々が、日本の生活が長くて、もうほとんど日本人なので、韓国車にあまり興味を示していらっしゃらないみたいなんです。まっ、言ってみれば、八方塞がりなんです」

（＊架空の会社名、車名です）

「それでは、なんでアメリカでは売れているんだ」

「それは簡単なこと。日本車より安く売っていることに尽きます。性能はいいですから壊れませんし、アメリカ人は、日本人みたいにブランドにこだわりませんから、売れても不思議はありません」

史郎は、勉強したことを懸命に坂田役員に話した。

「それと意外なことですが、韓国では日本車が一部売れています。たとえばレクサスみたいな高級車に限りますが。わが国よりも、もっとブランドに弱いところがあるせいでしょうか」

坂田は、史郎の話にいちいちうなずいていた。

「そーか、俺はもっと簡単に考えていたが、こうしてみるとなかなか大変なんだな。国内のメーカーのようにはいかんな。それにはそれでいろいろ事情があるわけだ。だけど山本君、まぁそんなに簡単に諦めないで、案外、どこかに穴があったりするものかもしれん。お互いに普段の仕事はちゃんとやりながら、ゆっくりお互いに考えようじゃないか。案外宝の山が、どこかに隠れていたりしてさ」

と、そこまで言うと、

「今すぐじゃないけど、いちど二人で、君に通訳をしてもらいながら、現時代自動車を表敬訪問しようじゃないか。今、いつとは言えないけれど」

坂田はそう言うと、史郎に「ご苦労さん」と言って打合せは終わった。

史郎はとりあえず役員に報告できたことにホッとした。勉強が足りないと怒鳴られることを覚悟して行ったのに。

いつかはわからないけれど、いちど一緒にソウルに行ってくれることまで言ってくれた。実行に移されるかどうかは別として。

史郎は解放された気分で席に戻った。携帯が鳴った。学生時代の友人からだ。

携帯という言葉は、東京オリンピックが過ぎても依然として生き残っていた。というのも、家庭にある固定電話が意外としぶとく生き残っていたからだ。史郎にはその理由がよくわからなかったが、携帯はスイッチが切られたら届かないけれど、固定電話は最低限いつでもつながるという明治時代からの機能がいまだに役立っていたからだろう。

「おい、急だけど今晩忙しい？　たまには飲みに行かないか、田中も来るって」

高校時代の友人の杉田修二だ。田中も同じクラス仲間だった。史郎は了解の意を伝えた。渋谷の安い寿司屋で食事をしてカラオケでも行こうという典型的な飲み会だ。史郎は邦子に遅くなると伝えた。

杉田は高校時代、物知りで鳴らした大男。まぁまぁの都立高校で上位にいて有名大学を出て、雑誌記者をやっている。田中は、できたというわけではなかったがイケメンで、運良く杉田と同じ大学を出て銀行員をやっている。三人が前に会ったのは、オリンピック前だから、まる二年振りか。高校出てもう十年以上になる。杉田も田中も酒は飲めるが、史郎はからっきしダメ。アルコールはごまかしながら飲んでいる。

久し振りの挨拶があって、同級だった連中の話になった。史郎は昨年あった同窓会に出られなかったから、新鮮な話だ。といっても、たわいない話が大半だったけれど、暗い話もあった。史郎は父親となることを伝えた。後の二人はまだ独り者だ。

「へぇー、史郎もう父親か、俺たちも焦るよな」

と杉田と田中は顔を合わせる。田中は銀行員らしく、世の中の景気について話したが、杉田は自分の父親の昨年の早すぎる死について語った。彼の父親の訃報は全然知らない話だった。年賀のやり取りはしていたが、年末の喪中の報せはもらっていない。何か事情があったに違いない。

「うん、まぁ親族にしか報せなかったから。あんまり良い死に方じゃなかったからね。父親は学校も出てないし、タクシーの運転手をして、子供三人を育てた苦労人だったけど、まだ五十六歳だった。自殺したんだ。その原因もよくわからなくて、母は、泣いて泣いて、オーバーにいえば、ここ一年泣きっ放しだ」

杉田は、暗い顔でそんなことを言った。

「たぶん鬱病だったと思うけど、すごく明るい親父なのに、死ぬ三か月ぐらい前から、眼が見えにくいと、盛んに言っていた。もちろん運転なんかできなかった。俺は医者じゃないからよくわからないけど、このところついてなくって、オリンピックの年の秋に胃癌が見つかって、それは例の薬のお陰であっという間に治ったんだけど、それから一年半したら、眼が見えない、目が変だ……と言い続けて自殺してしまった。こんな話、せっかくの集まりにしたくないんだけど、俺も雑誌記者してるから、仕事の関係で少し知っている医者たちに聞いてみたんだけど、みんな口が重くってな。精神病はいろいろあってね、とか言うぐらいのものだった。まあ、父親もタクシーの運転手をしながら、子供三人育て上げてホッとしたんだろうな……」

杉田の話は、そんな結論で終わった。

「悪い悪い、こんな話は忘れて、久し振りにカラオケ行こうぜ。この裏に俺が知ってる、バァさん一人でやってる安い飲み屋があるから、そこでも行こう。たまには腹の底から声を出して歌おうか」

その夜は、友人行きつけのバーでしたたかに歌った。史郎みたいな下戸ができることはそれくらいのことだ。酒飲み組も歌いまくったけれど。

8

東京オリンピックが終わって二年。二〇二二年のこと、アメリカゴルフ界に新星が現れた。名前は、＊リードル・サラドレル。アマチュア時代は全くの無名、一度だけアメリカ東部の大学選手権で二位に入ったことがあるだけで、ほかには目立つ戦績はなかった。しかし運良く、プロ入りのための予選会にたまたまともいえるくらいにいい成績を残して、プロ入りに成功した。（＊架空の人物）

そしてその年の春、プロ入り第一戦のトーナメントで勝利を上げると、その後は怖いくらいの成長を見せて、プロ入り五戦を連続して、三位、六位、二位、四位、八位と常にベストテン入り、一気にその名を全米中、いや世界中に広げて、新人のトップランクに名乗りあげ、マスターズ選手権の出場資格を取った。有名なジョージア州のオーガスタナショナルで四月初めに行われる世界の四大トーナメントの一つで、しかも四大トーナメントの中で最初に行われる大トーナメントである。

サラドレルが、いくらプロ入り早々調子がいいといっても、優勝してきた選手は、プロゴルフ史上にその名を残してきたプレーヤーばかりである。予選を通過すれば上々と見る向きがほとんどであった。

実は彼は、ゴルフとは全然関係ないことでも知る人ぞ知る存在だった。実は学生時代、大学三年の時に突然、骨髄性白血病を発症。厳しい抗癌剤治療で、激しい吐き気に見舞われてやせ細り、そのうえ、タイプが合う骨髄パートナーに恵まれずに、一命を落とすところであったが、佐々木博士のキャンサー・イーター・ニッポニアに間一髪のところで間に合い、一命を取り止めた経験があった。

そんな大病を経験したうえでのマスターズ出場は、プロゴルフ界の競争の厳しさを知る者たちにとっては、まさに奇跡といえるものであった。予選は二十二位で楽々通過。優勝争いとまではいかなかったが、最終成績八位。堂々たるベストテン入りだった。大学時代の無名選手が、卒業した翌年にマスターズベストテン入りなんて夢のような話だ。彼は大病の経験の影響も見せずに、堂々たる戦いぶりでスポーツマスコミの大絶賛を浴びた。

五月のある日、上司から突然史郎に、ある不動産屋というか、ハウジング屋というか……のプレゼンテーションが入ってきた。史郎はその名前を知らなかったが、顧客は、埼玉県の奥にあった、小さな建築屋さんで、何か地震に非常に強い工法を開発したとか。

そしてその工法をもって東京に乗り込んできて、その工法を使ったマンションや、もう少し廉価なアパート群を大量に建てて成功し、業界で評価が急上昇中だという。そのハウジング会社が、全国的に名前を知られたいということで、企業広告をやりたいとハッピネスにプレゼンを申し込んできたという。

ハウジング会社の名前は、夢窓建設といい、実は、社長がハッピネスの高田という専務と近い親戚という縁での仕事の発生だった。

だから、今時は至極当たり前となっている競合プレゼンテーションではなく、最初から広告代理店ご指名の、ハッピネス通信にとっては、めったにないうれしい仕事だった。

史郎は、上司の加藤CDに呼ばれて、

「別に、お前が専務の指名を受けたわけではないが、ウチの部になかなか腕の立つコピーライターがいますからといって、お前を推薦しておいた。一所懸命やって俺の顔をつぶさないでくれ」

と、プレッシャーをかけてきた。ハッピネスの夢窓建設担当営業の若林健二の話では、だいぶ予算があるらしい。しかも夢窓建設の社長であり創設者でもある権藤圭三郎は、大のゴルフ好きであるという。

史郎はゴルフをやらなかったが、ゴルフの知識は多少はある。今、アメリカにサラドレルとかいう天才的な新進ゴルファーが誕生したらしいぐらいのことはもちろん知っていた。しかし、新人ゴルファーで天才みたいにいわれても、まもなく消えていくゴルファーが少なくとも日本では数多くいたので、新人ゴルファー、しかもアメリカのゴルファーを勧めることに、危険を感じないわけではなかったけれど、思い切ってタレントとしてサラドレルを起用して、〝日の出の勢い〟つなぎで何かできないかと、史郎は直感的に考えた。いくら史郎がそう考えても、顧客やハッピネスの役員や営業たち、それに自分の上司が納得しないことには、何にもならない。

「そんなことじゃなくて、もっと地味なことを考えろ」

と言われてしまえば、それまでだ。

史郎は、年齢も一つ上でしかない、営業の若林にそんな話をチラッとしてみると、

「おい山本、悪くないんじゃないか。確かに相手は、まだ海のものとも山のものともわからないゴルファーだけど、まぁ悪く言えば、夢窓さんだって似たようなもんだぜ。俺、今日夕方、夢窓さんの新田広報部長と会うから、チラッと打診してみるよ。問題はタレント契約料

だな。山本、結果はともかくとして、ちょっと調べてみてくれよ」

若林は、真面目にそんな言い方をした。

「とんでもない額を言われるかもしれませんし、日本に連れてくるのも難しいから、アメリカでの撮影ということになると思いますが、とにかく、ウチの沢田契約担当弁護士にちょっと話してみます」

史郎はそう答えると、雑用を済ませてから帰宅することにした。仕事が次々入ってくるのは、サラリーマンである以上うれしいことだった、失敗はできないにせよ。


邦子のお腹は、相当にはっきりと目立ってきていた。

「この頃忙しいみたいね、あの韓国の自動車の話はどうなったの」

邦子は、史郎の仕事を心配する。

「そんなことより、お腹の調子はどうなの。今七か月か。そろそろ名前考え始めようかな」

「まだ早いわよ。女の体はデリケートだからまだ何か起こるかわからないわよ」

邦子はそんなことを言いながら、簡単な食事の準備をしていた。

「韓国の話は、坂田役員からそれっきり何も言ってこないから、彼なりに勉強して難しいと思っているのかもしれないな」

「そうね、私、難しい話よくわからないけど、確かに韓国の車が走ってるの見たことないわ」

「うん、俺も。うちの会社にとっちゃ、そんなことがうまくいったら大成功なんだけどさ」

史郎はそんなことを言いながら、

「まだ何もわからない話だけど、いつのことかも知らないけど、十日間くらいアメリカに行って大丈夫かな、コマーシャルの撮影に行くだけなんだけど」

「何言ってるの、話が早いわよ。今日来た仕事なんでしょ」

邦子は笑っている。本当に邦子の妊娠は順調のようだ。こういうことは男性にはよくわからないけれど。史郎はもう邦子にアメリカ行きのことを聞いているということは、よほど自分の考えに自信があるのかもしれない。なにしろ史郎はすぐに妄想してしまう。自分でもわかっているけど。

翌日、上司の加藤CDから声をかけられた。

「山本、今日二時から夢窓建設の合同会議がある。営業の若林もだけど、高田専務も出られるから、お前が本当にあのプロゴルファーを勧める気があるなら、午前中のうちに沢田弁護士にきちんと交渉しとけよ」

「ハイ、ただ昨日、若林さんが新田広報部長とお会いしているはずですから、新田さんの段階でＮＧになっているかもしれません」

「まあまあ、先読みはいいから、とにかくお前なりに調べとけ」

制作部長の加藤はそんなことを朝いちに史郎に言った。史郎は席に戻ってすぐ、ビルの三階にある若林の所に出掛けた。電話では細かいニュアンスが伝わってこないので。

「山本、新田さんは喜んでたよ。だけどさ、契約金は一億が限界だって言ってた。それと、彼の今後についても、もう少し知りたいって。こればかりは誰もわからないけどな」

「そうですか、でもとりあえず新田さんがそうおっしゃっているのはいいニュースですよね。サラドレルの今後は誰もわからないのは当たり前ですよね。でも三〜四年はだいたい大丈夫なもんですよ」

史郎は自分でもあてにならないことを言ってるなと意識しながらそんな答え方をした。そして若林の席から沢田弁護士がいる七階の席へ移った。弁護士は所在なげに座っていた。

「私もゴルフ好きなので彼の名前は知ってるけど、まだヒヨコだね。本当に夢窓建設さんにお勧めしていいのかな。夢窓さんのことは調べておきました。こちらも、まだポッと出の建設屋さんだよね。どれくらい出せるのかな。営業の人から予算の規模、聞いてます？」

弁護士さんの話は初めからあまり調子が良くない。史郎は心配していたとおりだなと意識していたけど、イチかバチかだと思った。

「サラドレルがあのマスターズに勝っていたら、話はまるで違うんだよね。一度でも優勝すりゃ歴史に名を残すからね。日本なら五十年言われるよ。いつかオリンピックのマラソンで、九位になった日本選手が言っていたけど、『僕がシティマラソンで何度か優勝しても、誰もそんなこと覚えていてくれないけど、東京オリンピック（一九六四年）のマラソンで銅メダルを獲得した円谷さんは五十年以上言われてるよ。後に自殺したこともあったけど』って。サラドレルの場合も同じでさ、普通のツアーでちょこちょこ優勝してりゃあ問題ないけど、これから鳴かず飛ばずになっちゃうと、マスターズの八位は誰も覚えていないからねえ」

弁護士は相変わらず厳しい話。

「だけど、君からリクエストがあったから、いちおうIMG*にサラドレルの契約金額聞いてみたよ。向こうは早いから、もう結構スポーツ系ビジネスの契約の話、いろいろあるみたいで、へたすると一億超えるかもしれないぞ」

（*アメリカのスポーツやショービジネスの世界の契約を専門にしている会社）

沢田弁護士は口をすぼめて、まあやめておくんだな、みたいな表情を作っていた。

史郎は、「午後二時から、合同会議がありますので、サラドレルの話をしておきます。ご調査ありがとうございました」と弁護士に礼を述べてから、新田広報部長の〝一億なら〟の話はしないで、心の中じゃサラドレルなんかどうでもいいよ、とにかくうまいコピー見つけて、夢窓さんに売り込まなきゃあ……とそんなことを考え続けていた。これから何が起こるかも知らないで……。

社内会議では、とにかくサラドレルを一押し、あとはタレントものではない、夢窓建設に売り込む純粋なアイデアもの、その二つでプレゼンしようという大きな流れが決まった。それから二週間あまり、レギュラーのツアートーナメントで、サラドレルはまた三位と、つねに好成績、若いしイケメンだし、噂だと性格もいいらしい。史郎はタレントCMを考えるのは苦手だったけれど、夢窓さんは日の出の勢いで、予算の心配はないし、社長の権藤氏はゴルフ大好き人間と聞いているので、仕事は順調に進みそうだった。

史郎はコピーライターだったから、強引にでもサラドレルと夢窓を結びつけるコピーを考えなければならない。これが彼の仕事なのだから。社内では、いわゆる酒の付き合いはほとんどしない史郎だが、同期の坂上和久という、営業で大電機メーカーを担当している男からの誘いで、焼き肉でも食いに行くかとなった。史郎が下戸なのをよく知っている男だ。それに坂上は大のゴルフ好きという噂も聞いている。

会社の近くの大衆的な焼肉屋でコース料理を頼んだ。仕事の話は、同期の仲良しとはいえ、プレゼンも済んでいないときには、具体的な話は厳禁だ。特に顧客の話は。ただ一般的な話として、前にも書いたように史郎はゴルフはやらないが、

「坂上さあ、この頃サラドレルとかいう若いの、すごいね。優勝こそ一度しかしてないけど、つねにベストテン入りって」

「うん、すごいすごい、メジャーでの優勝も時間の問題だよな、何年か前に大病したっていうのにな」

「うん、プロ入りしてから予選落ちなしだもんな。昔のタイガーウッズを思い出すよ。あとはタイガーみたいに女でつぶれないことだな」と軽口を言うと、坂上は、

「ま、それもあるけどな、男って動物はさ。だけど、俺はなんかタイガーみたいになるのには、ちょっと線が細いかなって感じもするんだよな。まあ病気のせいもあるけどさ。もうひとつ逞しくなれば鬼に金棒だよな。なにか噂だけど、秋の日本のでかい大会に来るなんて話もあるらしいな」

史郎はそんな話は知らなかった。それが本当ならますます好都合だ。来日したときに、その試合に夢窓建設も協賛させて、権藤社長と食事は難しいにしても、ちょっとした会合を企画するってこともできるかもしれない。史郎はそんなことを考えていた。坂上とはそんな話を噂程度にしてから、坂上の通っている安いカラオケスナックに付いて行き、相変わらず一

滴も飲まないでカラオケを歌いまくった。

五月末日のプレゼンの日が近づいてきていた。例の韓国自動車云々の話をもってきた坂田役員からは、その後、なんの話もない。結局自分の話を聞いて諦めたのかもしれないと史郎は思った。

邦子のお腹は、もう誰の目にも妊娠中と見えるようになってきていた。もう八か月。順調だとすれば、出産はもう二か月先。彼女はすこぶる元気だ。

「何とかいうアメリカのプロゴルファーの仕事。何かいいコピー、考えられたの」

彼女は史郎の会社の仕事の話は、家では時々しかしないけれど、大きな仕事らしいときはやはり心配だった。

「あした、土曜だから久しぶりに実家に行こうよ。あの大騒ぎ以来、顔出してないし、母、私のお腹の心配をしていると思うわ」

邦子がそう言うと、史郎も反対しなかった。夢窓さんのコピーは日曜に考えればいいと史郎は思い、久しぶりに邦子の実家に行くことにした。そういえば自分の実家にはまるで顔を出していないな、来週末あたりに行かなきゃなと史郎は思った。

邦子の実家に行くと、なんと雅美叔父が来ていた。ノーベル賞騒ぎ以来、さすがに世間の目を考えてか、髭も剃り、小ざっぱりしたセーターを着こんで、母が出した茶菓子をつまんでいた。

邦子が、

「あら叔父さん、お久しぶり。ずいぶんお洒落になって。どう、ノーベル賞騒ぎも、もう収まったでしょ」

邦子は叔父をからかうようにそんなことを言うと、

「ハハハ、まあな。あんなものもらったお陰で、髭は剃るは風呂に入るは、いろいろ大変だよ」

「あら嫌だ、お風呂も入ってなかったの、まるで街頭でゴロンしてる人みたいね。ノーベル賞、叔父にお風呂に入らせる……なんて川柳にもならないわ」

邦子が言うと、史郎が、

「叔父さん、お久しぶりです。さすがお元気そうですね。ところがメダルはどこに飾ってるんですか、大学の研究室ですか」

と聞くと、邦子の父の光緒が、

「俺と兄貴の両親の写真の前さ。邦子、じいさん、ばあさんの前だ。よく見なさい。こんなもの見たくても見れないんだから。兄貴もいいところあるよな。研究室に置いといたって腐るだけだって。やっぱり親父、おふくろの前に置いとくかって」

史郎も邦子も、邦子の祖父祖母の遺影の前からメダルを持ってきて、その重さに驚き、刻まれたノーベル博士の顔をじっくりと眺めた。

「一生、どんなに巧いコピー書いたって、こんなメダルもらえないから、たまには目の保養に見せてもらお」

史郎がそんなこと言うと、邦子は、

「あなた、わからないわよ、コピーライター出身の有名小説家っていっぱいいるじゃない。今にノーベル文学賞なんて」

「冗談もほどほどにしないとただの馬鹿だ」

史郎はこんなふうに言い返した。見ると邦子の母が邦子のお腹を触っている。

「順調みたいね。でも油断は禁物、八か月でも流産なんてあるからね。とにかくお腹を冷やしちゃダメよ」

さすがに母親。娘のお腹を心配していた。そこに邦子の父親、光緒が、

「兄貴、邦子の腹、触ってやれよ、誰もセクハラなんて言わないからさ。頭の良い子が生まれますようにって。男の子らしいんだ」

と余計なことを言う。邦子は顔を少し赤らめて、

「叔父さん、いいい、いいわよ」

と逃げ腰だ。雅美叔父は、

「俺が腹なんてさすったら、髭も剃らない風呂も入らない、とんでもないのが産まれてくるから、そんなことはしない」

と言ったので、家族は大爆笑した。母はゆっくりしていきなさいと言って、

「雅美さんも来たし、今夜はすき焼きでもするかな、邦子、買い物手伝って」と言った。

雅美叔父は五十七歳。まだまだ元気だし、もう一つくらい大発見するかもしれない、と史郎は思う。アルツハイマーがこの世からなくなるとかの。しかしまさか一人の人間が二つも人類の歴史を変えるような大発見は、いくらなんでも無理だよなと思ったり。やっぱりノーベル医学生理学賞受賞者を前にいっしょに食事なんかするとなると、そんな妄想が浮かんだりするが、雅美は家族たちの前では普通のオジサンだ、清潔になったし。

史郎は、本当にこの男がストックホルムのコンサートホールでのあの演説をした男なのかとつくづく見直してしまうぐらいの普通のオジサンに見える。自分の会社の定年間近の部長たちみたいに。

食事をして、ノーベル賞とはなんの関係もない世間話を賑やかにした後、史郎と邦子が帰宅するとき、雅美叔父はひと言気になることを言った。

「山本君、次から次へと仕事が来るときに限って落とし穴というものがあるものだ。気をつ

けたまえ」

ちょっと古風な言い方で史郎に警告した。雅美叔父の表情は真剣そのものだった。帰宅後、史郎は、

「あー食った食った。うまかった」と大きな声でひと言。邦子は、

「あなたって品がないわね。まるであたしが何も食べさせてないみたい」と嫌味を言う。

「だけどさ邦子、叔父のひと言、なんか気になるなあ。俺、そんなに売れてるわけじゃないけどさ」

「別になんということないわよ。一般論として言っただけでしょ。もしあなたが売れっ子コピーライターになったとしても浮かれるなってことよ。浮かれるとロクなことが起こらないって。自分にも言ってるんじゃないの、慎重な叔父さんらしい言葉だわ」

話はそれで終わってしまった。明くる日は休日だから、まだまる一日あるといってもそろそろコピーを考えなきゃと史郎は思い、狭い部屋のちゃぶ台の上に原稿用紙を広げた。邦子がお茶を入れると、天ちゃんがゲージの中で鳴いた。邦子は、

「あたしはこんなだから先に休むわね。もう十時よ。明日もあるんだから、あんまり遅くまで頑張るんじゃないのよ。あなたはいつも頑張りすぎるんだから」と言って、もう一つある六畳半の部屋に布団を広げて寝る準備をしていた。

9

『夢窓建設はハウジング業界のサラドレルだ。日の出の勢いで業界のトップが目の前に』

というわかりやすいコピーを考えて、その辺の雑記帳に書いて史郎はコピー用紙に清書してみた。

史郎はまだ権藤社長に会ったことはないが、歳も七十代と聞いているし、あまり抽象的なややこしい洒落たコピーを書いても理解されないだろうし、とにかくわかりやすいコピーを書いてみた。なにしろこの仕事、サラドレルを使いたいということを、顧客に間接的に伝えてあるだけで、権藤社長がその名を知らなければそれまでのことだ。だから当然、別案も考えなければならない。世の中、タレントなんか大嫌いという経営者はゴロゴロいる。史郎はとりあえず今日は寝て、明日は別の、タレントなんかは全然使わないハウジング会社としての純粋なアイデア広告を考えなければということで、その夜の仕事は終わりにした。

五月末日のプレゼンテーション日まではあと八日、次週の月曜日である。日曜日にもう一本、純粋なハウジング会社としてのアイデアを考えた。画期的に地震に強い建築であるのに、意外と安価で広いという、このうえないアパートである。ただし、高価なマンションのように豪華なロビーとか装飾などは一切ない、実用一点張りのアパート群であることを強く押さえた、サラドレル案とは全然違う実用的なアイデアをもう一本考えた。

ところが翌月曜日、どうしても悪い夢を見ているとしか思えないニュースが通勤駅の新聞スタンド、特にスポーツ新聞の一面に躍っていた。

『新進ゴルファー、リードル・サラドレル引退。プロ入りわずか半年で。出場全試合ベスト10入り。引退の原因不明』

となっている。その日は他にスポーツ界の大ニュースもないのか、どのスポーツ新聞も、サラドレルの突然の引退ニュースが見出しだ。

『天才的新進ゴルファー、プレッシャーで精神に異常か』といったサイドの見出しもある。他に**『サラドレル引退の陰に、闇の組織暗躍か』**といったとんでもない見出しもあったかと思えば、**『サラドレル、ドラッグ所持で引退か』**といった見出しも並んでいた。一般紙のどのスポーツ面にも、そんな大ニュース扱いではないが、**『アメリカ期待の新進ゴルファーが謎の引退』**と、原因の憶測記事なしで掲載されている。

これは夢ではない。はっきりした現実だ。史郎は会社に急いだ。上司の加藤CDにスポーツ紙と一般紙を見せ、すぐに営業と連絡を取り、この話を最初にもちこんできた高田専務も入れて会議になった。その会議の前に営業の若林が、夢窓建設の新田広報部長に第一報を入

れた。新田は、

「おたくのアイデアの段階でまだ良かったよ。契約問題まで行ったら取り返しのつかないところだった」と、驚きの声を上げたという。

史郎は社内の沢田弁護士にもすぐに会いに出かけた。弁護士は、

「これだからして、若いタレントやスポーツマンの契約は難しい。まあ、なんとか時期が今で良かったぞ。契約金の話なんかが成立していたら、事態がこうなっても契約金だけは取られるなんてケースもありうるからな。とにかく俺からすぐIMGにキャンセルの電話を入れておく」と、厳しい表情で話した。

「まあ、しかし山本君、別に君の失敗じゃないから、そんなに責任を感じなくてもいいけど、契約の難しさは充分に勉強しただろ。今後に役立てたまえ」

史郎は本当に何がなんだかわからなかった。まさかこの事態が、実は雅美叔父と関係があるなんて、神様だって知るはずがなかったといってもオーバーではないかもしれない。

10

結局、プレゼンテーションは、前の週、日曜日に史郎が考えた、夢窓建設の造るアパート

の質の高さと安価と広さを訴えたものと、もう一つ史郎が慌てて考えた、夢窓建設のアパート群を支える対地震対策のメカニズムの質の高さを訴えたものの二本を提案することになった。

幸い権藤社長はご機嫌で、史郎の提案した第一案が採用された。ハッピネス通信にとっては社長のご機嫌を損ねて代理店が変更になるというような事態は避けられたばかりか、予想を遥かに上回る予算額を与えられて万々歳の仕事となったのだった。

しかし仕事の大成功はともかくとして、その後、サラドレル引退の原因の詳報は続かなかった。所詮は遠い海外の新人の話であり、結局うやむやのままになってしまったが、史郎には一つだけ、週刊誌の情報であるが、サラドレルが突然原因不明のひどい眼病に冒されて完全失明したという情報もある、という記事に驚いた。といってもその続報もなく、〝サラドレル事件〟は幕を閉じたのだった。

ひと月ほどして、坂田役員から久しぶりに電話が来た。例のお隣の国の自動車を日本にもってきて広告して売ろうという話だ。なぜお隣の国の車は、日本車と性能があまり変わらないのに、我が国では全く見ないのか。いろいろ難しい問題がありそうだが、やりようによっては何かできるかもしれない。汐留や田町にある大手の広告代理店と同じことをしていては、勝てるはずがない。

史郎が坂田役員に説明したことはそのとおりのことであるかもしれないが、現地まで行って隙が全くないのか調べてみるのも無駄ではないかもしれない。坂田はそんなことを考えていたに違いない。車は高いからということもあるけれど、他の製品、特にＩＴ製品は高くても数え切れないくらい日本に入ってきている。

二、三日して、二人はもう一人夢窓建設のときに世話になった営業の若林を連れてソウルへ旅立つことになった。若林は韓国語は全くダメだが、大学時代に二年、ロサンゼルスに留学経験があって英語はペラペラだ。史郎が強く坂田に勧めての同行だった。韓国の自動車業界は、前にも書いたが現時代自動車しかないといってよく、現在世界第五位の売上げを誇り、今や世界的な大メーカーである。その車が極端に言えば日本に一台も来ていないのは、日本の広告代理店としてももったいない。かつては都心にディーラーがあったのに、うまくいかずに引き上げてしまったこともある。

史郎の説明もよくわかるが、とにかくもういちど……。坂田はそんなふうに考えていた。甘いかもしれない……と坂田は自分でも思っていたが、坂田自身は韓国の政治も思想も社会もよく知らないが、日本と経済的にも政治的にも必ずしもうまく行っていないことは知っていた。史郎も趣味程度に韓国の文化を知るのみだ。とても坂田役員のお手伝いができるとは思えないが、もしこの仕事がうまく行けば、夢窓建設の失敗（結果的には大成功だったが）を取り戻せるチャンスでもある。挑戦のしがいはある仕事に思えた。

若林に至っては、隣国のことには全く興味がない。ただの通訳だといってもいいが、もしこれが仕事になって営業能力の高い彼を引き込めれば、英語にも強いし良いチームメイトになれる。

坂田はかつてキム社長と握手したことがあるというだけの、とても知り合いとはいえない仲だし、いきなり社長は無理なので、そのとき名刺を貰った朴賢現という人に一時間ほどのアポイントメントを入れておいた。朴氏は社交辞令的に「お待ちしております」と日本語で言ってくれた。

現時代自動車の本社は大都会ソウルを二つに分ける韓半島の母なる河、漢江の南側と呼ばれる江南《カンナム》地区の瑞草区という大ビジネス街にある。

五月後半、ソウルは気持ちの良い季節で、街中のイチョウが新緑に色づき美しかった。五十階以上はあるかと思える高層ビルで、同じような高さのビルが何十何百と建ち並ぶ大都会の中でも特別に目立つビルであった。

史郎はロサンゼルスや上海も仕事で何回も行ったことはあったが、東京も含めてどの街と比べても見劣りしない大オフィス街で、ちょっと気圧されそうになるほどだった。きれいに磨き上げられたロビーに美しい女性社員が並ぶ受付で、若林が英語で朴常務へのアポイントメントを伝えた。受付コーナーで一分ほど待つと、すぐに秘書らしき美しい迎えの女性が自分たちをエレベーターに案内し、役員階らしき四十階で降りた。午後二時だった。社長室かと思う立派な広い常務室で、朴氏はすぐ我々と名刺交換した。そしてカタコトの日本語でご愛嬌に、

「はるばるお疲れ様でした。今日はありがとうございました」と挨拶し、すぐ坂田も日本語で、

「今日は貴重なお時間を頂いてありがとうございました。少しでも貴国と日本の自動車ビジネスの進展につながるアイデアが頂ければうれしいです」と、そんなことを言ったが、この程度は史郎も訳せるので、今度は史郎が韓国語で訳した。朴氏は史郎を見て、

「なかなかお上手な韓国語ですね。日本でお勉強されたんですね」

と微笑んで答えた。でもその表情はあくまでお世辞であって、この韓国語では仕事は無理とあってかすぐ若林のほうを向き、英語で会議室に案内した。

会議はもっぱら英語で行われ、若林が坂田に通訳しながら進められた。坂田がまだ通り一遍の日韓ビジネスの難しさを柔らかな表現で話し始めようと思ったら、朴氏は立ち上がり、

「我が社には有名なセレナーデの他にもいろいろな車がたくさんありますので、ショールー

ムへ行って車のご説明をしましょう」

と言ってエレベーターに乗り、一階のショールームへ行った。坂田も若林も少しは勉強してきたのでほとんどの車名は知っていたが、史郎にとっても、改めてきちんと見るのは初めてだった。日本車とデザインも性能もほとんど変わらないので、日本車を見ているようだった。ただ高級車はセレナーデぐらいで、日本車でいえば低価格車に見えるものが多かった。史郎が前に坂田に説明したように、ブランドにはあまりこだわりのないアメリカの大衆相手に低価格車を大量に売っている姿が、このショールームでもわかる。朴常務やショールームの若い社員たちに案内された後、また一行は常務室に戻った。朴氏は、

「見てご覧のとおり、なかなか日本人の富裕層は贅沢ですから、我が国の低価格車には満足されないこともわかりますし、また軽自動車のような低価格車を若い人たちに売っているメーカーも日本にはいろいろありますから、今はまだ、車の日韓交流は難しいみたいですね。坂田さん、日本の若い人たちに現時代の低価格車を知っていただくようにしてくださいよ。アイデア、アイデアですよ、ねえ。若い人たち」

と、そんな言い方をしながら史郎と若林を見て微笑んだ。坂田は全くそのとおりと思いながら、出された美味しいコーヒーを頂いて時計を見た。アッと言う間に約束の一時間が過ぎて、朴常務にお礼を述べた。

「日本に帰っていろいろ考えます。是非また具体的なビジネスのお話ができますようにお時間をください。今日はありがとうございました」

一行は現時代自動車の大ビルを出て、日本にあるのと全く同じコーヒーチェーンに入ってひと休みすることにした。

「山本君、君が日本で調べたこととは違う何か具体的な新しい話が聞けるかと思ったけど、何も聞けなかったな。残念だ」

坂田がそんなことを言うと、史郎は答えて、

「ショールームにはいい車がいっぱいありましたね。低価格車のパンフレットをいっぱいもらってきましたから、我が社で研究会を作っていろいろ考えていきましょうよ。具体的に何ができるか」

若林も、

「僕は二年ロスに留学したんですけど、韓国車だらけでしたよ。もちろん日本車もいっぱい走ってましたけど。何かその辺に大きなヒントが隠れていそうですね」

そんなことを言うと、

「街を少しブラブラして韓国を知りたいです。私、生まれて初めてなんですよ、この国」

「僕もほとんど知らないです。言葉はご愛嬌程度に習ったけど、まるで相手にしてもらえな

いし、ハハ。街へ遊びに行きましょう。役員、河のこっち側はビジネス街で何もないですから、地下鉄に乗って河の北側に行けば旧市街ですのでいろいろあります。今夜は韓国料理でも食べて酒場に繰り出しましょう。どうせ明日の朝いちの便で帰るんですから」

そんな本音を言うと、酒恋しいらしい役員も、

「若林君、君、酒いけるんだろ、下戸の史郎はほっといてバンバン飲むか、せっかくここまで来たんだから」と喜んでいた。

史郎はほとんど見知らぬ爽やかな街を歩いていると、やはり車が気になる。日本車も時々走っているけれど、少し事前に勉強したようにトヨタやニッサンの高級車が多いし、ドイツ車も日本同様、ベンツやＢＭＷが走っている。しかし日本同様、アメリカ車はほとんど見ない。日本も韓国も自動車に関しては、アメリカとは逆に不平等条約に見える。

11

帰国後、史郎と若林は坂田役員の力も借りて、社内に八人ほどの営業が中心になって日韓自動車クラブなる研究会を作った。通常の仕事が終わった後、夕方六時から八時まで二週間に一度、簡単なお茶でもとりながら話し合いをもった。

夏の予感が迫り、ひどく蒸し暑い日も増えてきた。邦子のお腹の子は、もう八か月半。猫の天ちゃんはグルグル邦子の周りをはしゃぎ回っている。天ちゃんもまだ大人にはなりきっていない。邦子は出産が近づいたら、天ちゃんは実家に預かってもらおうと思っている。実家は代々木だが、昔からの家なので普通の家よりも少し広く、大きめのゲージに、トイレとペットフードと新鮮な水を入れておけば、二、三か月は全然健康で過ごせる。もちろん時々出せと大騒ぎするだろうけれど。もうすでに両親とは相談済みだ。邦子の両親は動物好きなので、むしろ今からもう楽しみにしている。

さて、猫よりも人間の話。邦子の妊娠はすべて順調であとは出産を待つばかり。史郎は医者ではないから何もわからないけれど、邦子の通っている婦人科の女医さんの話では〝なんの心配もいりません〟とのことだ。

おそらく余程のことがない限り、その女医さんの医院に入院して出産の面倒を見てもらうことになるだろう。

「あたし、会社辞めて良かったわ。このお腹で会社行きたくないし、電車も乗りたくない。もっとも大きなお腹で会社に来ていた人もいたけど。その人その人の事情で仕方ないけどね」

「うん、それはね。うちだって叔父さんのことがなけりゃ、まだ会社に行ってたかもしれないよ。俺の安月給じゃ」

「だけどさ、叔父さんから頂いた大切なお金だっていつまでもつかわかりゃしないわ。本当に大切にしないとね」

邦子は言いながら、しきりとお腹をさする。赤ん坊が足でお腹を蹴っているみたいだ。元気な証拠だ。さすが男の子、力が強いのか、邦子は時々顔をしかめている。それから少し心配そうな顔つきで、

「母がね、叔父さんがこの頃少し元気がないなんて言うのよ。一昨日も来てね、何か少しふさぎこんでいたんだって」

「まあな、ノーベル賞なんか取ったら、人間誰でもそうなるよ。なんていうのかな、この間も言ったけど、もっとすごい研究を期待されたりしちゃうんじゃないの。人間って他人には無責任だからさ。なんてことないよ。十日もすればケロリとなるさ。心配ご無用。叔父さんにもそんなデリケートなところがあったんだ。驚いたね」

史郎は邦子の言葉は全然気にしなかった。もう雅美叔父は、やることやったんだから、あとは一生遊んでりゃいいのさ。最高のご身分だよと思っていた。

「それより、お腹に何か少しでも変なことがあったらすぐ電話くれよ。飛んで帰ってくるから」と優しく言った。

「名前は生まれてからでもいいけど、なんとなく二人で考えとこうよ。明るい名前がいいな。明るい男になりそうな」

二人はそんなことを言いながら簡単な食事をした。

「食事作るの大変だったら、ちょっと遅くなるけど俺が作ってやるぞ。言ってくれよ」

「大丈夫よ。あなたは自分の仕事のことを考えなさい」

二人は本当に仲のいい夫婦だった。もっとも今頃から仲が悪かったら大変だけど。


史郎が会社に出社した後、邦子は大きなお腹を抱えて実家に行った。実家は夫婦のアパートから近いとはいえない。田園都市線で渋谷まで出て、ＪＲに乗り換えて代々木まで行く。邦子は史郎が出社した後すぐに実家に行ったわけではなく、まず通院している産婦人科へ行った。いつもの女医さんではなく男性医師だったので少し抵抗があったが仕方ない。

「心配ありません。順調です。ちょっとしたことをあまり気にしないように」

とお墨付きをもらった。お腹の蹴られ方が少し気になったのだ。それから実家に向かった。母には電話しておいたので待っていた。

「ちょっとお腹が蹴られるので、心配してお医者さんに行ってきたの。お腹の中で赤ちゃんが苦しがっているかと思って」と邦子が言うと、邦子の母は笑って、

「あなたなんか女の子なのに元気で元気でお母さんのお腹を蹴りまくってたわ」

と言って笑った。玄関のチャイムが鳴った。何かのセールスかと思って嫌な顔をして出てみると、もう一人の叔父が立っていた。母の弟でやはり医師だったが、この叔父は精神科医だ。名前は中里広二。

「邦子ちゃん、久しぶりだね。おーっ、いよいよだな、出産まであとひと月ぐらいかな」

精神科といってもさすが医師だ。ズバリ当ててきた。この叔父は千葉にある医科大を出て、去年までは病院勤めをしていたが、今は品川の大井町で開業したばかりだ。父はまだ高校教師をしているから、勤務中でいない。どうも話があるらしい。

「お母さん、あたしいても大丈夫？」

邦子は遠慮してそう言ったが、

「もちろん大丈夫。むしろいてほしいくらい」

と答えて、広二叔父に向かって「ねぇ」と言った。叔父も「いやいや、精神科医は話が長いから面倒臭いかもしれないけど、たいした話じゃないからここに座って聞いてなさい」

と言って、

「うーん、雅美さん、だいぶふさぎこんでいるの？　大学じゃ結構元気なんじゃないのかな。人間誰でもあんな思いもかけない栄誉を頂けばね、最初はうれしくて頭の中が大騒ぎをしても、そのうちに落ち着いてくるとね、オリンピックじゃないけど、祭りの後の寂しさみたいなものが来るものさ。ノーベル賞なんてとんでもないものじゃなくたって、人間ちょっとしたご褒美をもらえば、誰でもそうなるもんさ。鬱病なんて大げさなものじゃなくて、何か心の反射みたいなものなんだよ。心配はないと思うけど、心配だったら今度、雅美さんを呼んでよ。その日が決まれば、姉さん、俺もその日を空けておくからさ。実際に表情を見ただけで、精神科医というのはだいたい見当がつくものなんだ。まあ雅美さんに会わなくたって、俺にはだいたいの見当はついていているんだけどね」

邦子はやっぱり雅美叔父のことか……と思った。なるほど精神科の医師は話が長い。お医者さんというより、牧師さんの話を聞いているみたいだ。

「広二、そうやって聞いてみると安心だけど、主人も何か少し心配しているみたいなのよ。『兄貴は頭が良すぎるから、俺たちが考えない余計なことまで考える』なんて言って」

広二は、

「雅美さんなんてのは、精神科医泣かせなんだよ。義兄さんが言われるみたいに、ほんと余計なこと考えるからね。ノーベル賞なんてやつが病気を作っているわけさ。まあ誰だってそんなもの貰えばプレッシャーはあるよな。湯川博士だってアインシュタインだってたぶん。俺たち凡人にはわからないけど。だからいろいろ先を考えちゃうんだな。次は何を発見しようとか、誰か賞金のことで俺の悪口を言っているんじゃないかとか。まあたぶん学内でのやっかみもいろいろあるんじゃないの。だけどさ、そんなもの、何年かすれば自然と消えていくものなんだよ、俺たち精神科医に言わせれば」

邦子はなるほど精神科医はうまいことを言うものだと感心して広二叔父の話を聞いていた。

佐々木雅美博士のキャンサー・イーター・ニッポニアは名前も長いし学名なので、やがて商品名「センチュリア」となった。世紀の発見という意味合いをもった名前だ。そのセンチュリアは雅美博士の勤める東都医科大学医学部と昔から強いつながりをもっていた大帝国製薬の専売となった。名前を見てもわかるとおり、戦前、それも明治時代からの長い歴史をもった製薬会社で、当然のごとくその売上げ、そして株価は怒濤のごとく跳ね上がった。おそらく単独の製薬会社としての売上げは世界一。

噂によればこの冬のボーナスは、全社員四千人の平均が一千万円を超えたという、全国民羨望の製薬会社となった。創業者寺田正三以来、寺田家がオーナーであるが、現社長である寺田正俊の資産は計りしれない。それはそうだ、とにかくどんな癌でも一週間以内に完治するという薬の世界中の独占販売権を取得したのだから。

さて大帝国製薬のことはともかくも、この薬のお陰で、世界中で無数ともいえる幸せな出来事が起こった。ここに各々を載せていては、本が何千頁あっても足りない。

代表的なものは、アメリカの大統領の両肺に発生し、超秘密裏に治療されていた癌だ。残念ながらできうるあらゆる治療の効果なく、いよいよ世界に大ニュースとして発表しなければならなくなったその寸前にセンチュリアが大統領の両肺から、まるで魔法のように一つ残らず癌細胞を消し去った。この薬の成果のお陰で、本来アメリカ領土であった南太平洋上の島を、いきなり昔からの歴史的中国領であると中国首脳部が言い出したために極めて険悪になっていて、戦争も起こりかねない状態だった米中間が、一気に〝雪解け〟した。

なぜなら、健康をすっかり取り戻した米大統領が中国を訪問、中国の主席が健康回復の祝意も込めて〝中国領土であると思われていた南太平洋の島は、歴史資料の読み誤りであった〟と珍しく謝罪し、それればかりでなく、これを機会に米中平和条約の締結を提起してきたからであった。

つまり一つの薬が世界の危機を救ったというわけだ。簡単にいえばセンチュリアの登場は、あの堅苦しい頑固極まりない中国の首脳たちを浮かれさせてしまったのだ。どこの国でも首脳というのは高齢者が多いので、なおさらのことである。この幸せな大変革事件ばかりでなく、世界中にはそれこそ数えきれない幸福な患者たちがどの病院にもあふれ返っていた。センチュリアが発見されていなければ、遠からず遥かなる世界へ旅立たなければならなかった人々が。

日本でも事情はもちろん同じである。数十万人の癌患者の命がたちどころに救われ、世の中は沸き返った。癌を患った政界、財界のトップたち、そればかりか人気の絶頂にあったまだ若かったタレント、その上、もっとかわいそうな多くの小児癌や小児白血病の患者たち、彼らすべての生命が一週間以内に、癌に侵される以前の、全くの健康時の状態に戻ってしまうなんて、繰り返すようだが、こんな幸せが今までにあっただろうか。小児の癌患者を抱えていた両親、特に母親の喜びは、ここには書き尽くせないほどだ。

その世界中を包み込む幸せを、いわば発見した佐々木雅美博士本人が、何か少し心の変調を訴えるなんて、本当に人間は難しいものだと邦子はつくづく思った。

広二叔父は「まあ、時間が解決するよ。今にすぐニコニコ顔でお喋りを始めるから、心配ご無用、ではこれで、俺も患者が待っているから……」と帰っていった。邦子も産婦人科医と母親の太鼓判で、安心して帰宅した。

12

夢窓建設の仕事は順調で、史郎は夢窓建設の優秀な耐震構造を備えた比較的安価なアパートを全国に知らせるためのＣＭ案を作ったり、コピーを考えたり、その他に前々からレギュラーでやってきていたカメラ会社から発売された画期的なデジタル新機種のカメラのＣＭ撮影その他で大忙しであった。そのカメラはポケットに入るほどの小さなカメラであったが、撮影者本人の映像への希望を汲み取って、それを映像化するという不思議な能力をもっていた。

たとえば子供の運動会。自分の子供が走っている姿が常に中央に映像化されるという便利なカメラであった。人の気持ちをデジタル化して映像化するという、まるでセンチュリアみたいな革命的なカメラだった。

まあ、それやこれやで大忙しで、しばらく「日韓自動車クラブ」のことは忘れていた。まだ現実のビジネスではないので、どうしても後回しになってしまう。それはチームの他の七名も同じであった。

六月中頃のある日、坂田役員から電話があった。

「おい、山本、ちょっと話がある。若林も連れて俺の部屋に来てくれ」という。何か声が暗い。

役員室を訪れるといきなり第一声。

「俺、明日からしばらく会社を休むことになった。ちょっと体調が悪くて、しばらく業務はできそうもないんだ。というより、はっきり言えば会社を辞める事態に追い込まれることもありそうなんだ」

史郎と若林はあまりのことに顔を見合わせた。若林が遠慮がちに、

「役員は三年ほど前、早期の胃癌を患われて、例のお薬ですぐ回復されましたよね。三日ほど社を休まれたという記憶がありましたが、もしかしたら再発されたとか」

こんなふうに言うと、

「いや、それはありえない。癌細胞は俺の体内には今やたったの一つもないんだ。まあ体調のことは、お前たちに言うことではないけど、前の病気とはなんの関係もない」と言いながら、「失礼、トイレへ」と言って立ち上がったが、坂田が何か手探りで歩いているように史郎には見えた。

「何かお目が痛いとか、ちょっと変だとか」と、これまた遠慮がちに言うと、役員は大きな声で焦ったように、

「右眼が全然見えないんだ。左眼も何かかかすんできている」と言った。トイレから戻ると、「お前たちは戻っていい。現時代自動車の件はしばらく中止だ。俺の眼が治るまで」と言い、秘書を呼んで早退の用意をさせていた。

坂田は何か恐怖に憑かれたように手探りでカバンを取り上げた。

史郎も若林もとっさのことに、なんと言っていいかわからなかった。とにかく席に戻ろうとしたけれど、史郎は若林を誘って社外の喫茶店へ向かった。コーヒーを飲みながら史郎は、

「眼という、場所が場所だから焦るのはわかるけど、それにしても何か変ですよね、坂田さん。会社を辞めるみたいなことまで言ってましたよね」

と言うと若林は、

「白内障か緑内障なんじゃないのか。大きな病院へ行けばすぐにわかるって。確かに眼の病気は焦るのはわかるけれど。役員ももう少し落ち着けばいいんだよ。また元気になって出てくるよ」

と、少し暗い顔で言った。彼は坂田の、いってみれば下っ端とはいえ直属の部下だから、自分の身のことも考えているのも明らかだ。

「こんなときになんだけど、俺、現時代自動車のことで少しアイデアが浮かんだんですよ。タクシー業界です。いきなり市民に売るのは難しいかもしれないけれど、タクシー業界に安

く入れて、まず市民にセレナーデを知ってもらうことですよ。『この車、何？　乗り心地いいわね、セレナーデって初めて知ったわ』といった調子でね。まずは市民権、市民権。いきなり売るのはどこの地方に行っても難しいですよ」

史郎が言うと、若林も暗い顔を消して、

「なるほどね。それはいい考えかもしれない」と答えた。

しかし今はとにかく、ゆっくりそんな話をするときではない。二人は日韓自動車クラブチームの他の五人に坂田の様子を伝えて、今後どうするかを打ち合わせることにした。とにかく繰り返すようだが、いますぐの仕事ではないので、いずれまた役員の様子を見て……ということになってしまった。

それからしばらくすると、廊下に驚いたことに「社員の辞任報」が貼られていた。一社員であろうと役員であろうと、社を辞めると同じスタイルで報せが載る。

『本社役員、取締役坂田和親氏、一身上の都合で退社されました。ここにお知らせします。二〇二二年七月三日』

史郎も若林も驚きはしたが、予想されたことでもあった。眼病の経緯については何も入ってこなかった。

13

七月十日になった。梅雨が終わり、本格的な暑さがやって来た。史郎が会社で事務処理をしていると、営業の若林から電話が来て昼食を社内食堂ではなく外でしようという。若林がこういうときは何かあるはずだ、社員に聞かれたくない話が。

会社すぐ近くのいつも行くそば屋ではなく、少し離れた所に行きたいという。会社の近所ではハッピネスの社員だらけだからだ。会社から少し離れた小さな和食屋に入った。簡単な挨拶の後、若林が、

「あんまりいい話じゃないんだけど、俺、辞められた坂田さんのお宅に電話してみたんだ。その後どうされたかと思って。そしたら奥様が出てこられて、暗い声で有名病院の名前を言われてそこに入院されているとおっしゃるんだ。俺がお見舞いに、と言ったら、それだけは絶対止めてくれ、坂田は完全失明してしまい、今日は最後の挑戦と医者が言って手術する日だと言われるんだ。医者が言うのには、あまり期待がもてないって。奥様泣かれていたみたいだった。そして社内には絶対に秘密にしてくれって」

史郎は驚いた。確かに最後に役員室で坂田に会った日、坂田は少し手探りをしながら歩い

ているように見えた。そして自分から目が見えにくいと言っていたが、そんなにひどいとは思っていなかった。眼の中に細菌でも入って炎症が起きているのかと思った。

「俺ね、奥様にそう言われたんだけどあんまりショックを受けて、奥様との約束を破ってお前だけには伝えたいと思ったんだ。ついこの前、一緒にソウルに行ったばかりだし」

「それにしても完全失明なんて……。立派な病院の医者がそんなふうに言うなんて、よほどのことですね。坂田さん、三年ぐらい前ですよね、癌を克服したばかりなのに。癌が治りきらないで眼に転移したなんてことがあったんですかね、まさか。センチュリア注射されたら、転移した癌も消えるって評判ですしね」

史郎は医者ではないから、それ以上のことは想像すらできなかった。暗い気持ちで二人は会社に戻った。史郎の頭の中には、元気な頃の坂田の顔が浮かび、そして今はどんな気持ちでベッドに横たわっているのだろうかと思った。そんな想像をしただけで表現しようのない恐怖が史郎を襲った。

「とにかく誰にも言わないでくれ」

若林はそう言って、二人は席に戻った。

上司から声がかかった。

「山本、暑いからってしょぼくれた顔するな。仕事仕事、新しい仕事だ。三隅不動産から。

また不動産屋だけど、今度は全然違う仕事。汐留が相手の競合だ。おい山本、ボヤッとするな、熱でもあるのか」

「あ、いやすみません。今ちょっと新聞見たら、我が社とは全然関係ない株の話でだいぶ失敗してしまいまして……」

「馬鹿野郎、山本、そんなものあと一分で忘れろ」と、今度加藤から変わった新しい上司の名コピーライター香河俊也が、史郎を怒ったというよりからかった。

その後すぐに中西という三隅不動産の担当営業とそのアシスタントの若者が現れて、会議が始まった。三隅不動産は中古家屋専門の販売屋さんらしかった。

その夜は坂田の話で頭がいっぱいで、まっすぐ帰る気にならなかった。酒も飲めない史郎は、映画を観ることにした。映画好きの彼が前から少し気にかけていた洋画が都心の映画館にかかっていた。映画の看板を見ながら横断歩道の向こう側にある日比谷の映画館に向かおうとした瞬間、携帯が鳴る。

「あなた、すぐ帰ってきて、お腹が痛いの、産気づいたみたい。病院に電話したら、間もなく破水するからすぐタクシーに乗って病院に来いって。歩いちゃダメだって言われた」

予定日より十日以上早い。こうなったら映画どころではない。すぐ有楽町から電車に乗って帰宅した。もちろん邦子はとっくに病院に行っている。史郎はカバンを放り出して病院へ向かった。

　顔見知りの看護師さんがニコニコ顔で、

「おとうさん！　おめでとうございます。なんの問題もない大きな男の子ですよ。二十分ほど前に生まれたばかりです。ちょっとお待ちくださいね。今先生からお話があります。それから親子初対面となります」

　史郎はうれしいというより、自分が初めて父親となったことに緊張した。父親になることはわかっていても、やはり責任感というか、実に説明しにくい感情だ。

「山本さん」

　医師から声がかかった。院長は、邦子をいつも診ている女医さんではなく五十年配の男性医師だ。

「おめでとうございます。産婦人科の医師として申し上げれば、最も問題のなかった出産です。奥さんはご丈夫そうだし悪阻も軽かったみたいですから、あまり心配していませんでしたが、何はともあれ改めておめでとうございます。今日からはお父さんですね」

　と医師は笑顔で言った。看護師から、

「奥様は念のため、一週間ほどお預かりします。はい、いよいよ親子のご対面ですよ」

　という声がかかり、史郎は邦子の入院部屋へ入った。

「邦子、おめでとう。安産で良かったな」

史郎がそう言うと、今、この世に来たばかりの赤子が横に寝かされていた。赤子の顔をつくづくと見て、改めて父親になったことを思った。邦子は、

「どう、くちゃくちゃな顔だからどちらに似ているかわからないけど、あなたもお父さんになったんだから、今まで以上にしっかりしてくださいね」

史郎は皆から〝お父さん〟と言われて、世の中の男性のほとんどが、初めてお父さんになる経験をするのだから、皆どんな感じだったのかなと思ったりした。それからまた赤子の顔を何度も見てから、

「明日も来るよ」

と言って病院を出た。帰宅すると何か寂しい。普段は二人と一匹。今日から一週間は一人と一匹。天ちゃんは何がなんだかわからずにゲージの中で鳴いている。よく見たら紙皿の上のペットフードが空っぽだ。お腹がすいて鳴いていたらしい。ペットフードを紙皿に満たしてやると、飛びついて食べた。あと一週間で赤子が帰ってきたら、天ちゃんは邦子の実家に預ける話が決まっている。邦子の実家のほうがずっと広い。天ちゃんにとってはいい運動場だ。

そんなことを思いながらも、そして今日、生まれて初めて父親になったという感慨をもち

ながらも、若林の話が浮かんでくる。坂田大先輩のことを考えると、今父親となった明るい心に急に暗雲が立ち込めて、〝あの仕事、やりようがあっておもしろそうだったけど、これで中止になりそうだな。それにしても坂田さん、お気の毒に……〟と、同じ日にこんな対照的なことが起こるなんてという人間社会の皮肉を深く感じた。

14

史郎は帰宅すると、毎日一週間邦子の入院先へ通った。わずか一週間でも赤ん坊が大きくなる。名前をいくつか考えて邦子に相談した。コピーライターが商売なのだから、名前をつけるなんてお茶の子さいさいと思いきや、我が子となるとなかなかうまい具合に考えられない。

やっと五日目に、雅美叔父にあやかって勇美《いさみ》とつけてみた。もう半年以上も前から男の子とわかっているのに、ぼんやりと考えているとなかなか出てこないものだ。史郎は邦子にその名前を言ってみると、

「あたしも考えてみたのよ。あなたの史の字を一字とって隆史って。でも平凡ね。やっぱりコピーライターで働いていることあるわね。気に入ったわ」

子供の名前は勇美に決まった。史郎は言う。

「明日、区役所に届けてくる。それから天ちゃんもしばらくかわいそうだけど、君の実家に預けるよ。いよいよ明後日からだものな、我が家の三人生活の始まり」

明後日というのは土曜日だった。休日だし、新生活の始まりにはうってつけだった。

「天気良ければ、勇美の布団も朝から干しとく」

初めて会話の中に勇美が入って二人は顔を合わせて笑った。

金曜日、史郎が会社に行くと若林からまた電話が入った。外に出ることはしないで、営業の小会議室で話すことになった。

「現時代自動車の朴常務から英語で俺のところに直接電話が入って、坂田さんのこと、何も知らなかったから驚いてたよ。それはそうだよな、誰だって。それで俺はこの前、山本が言ってた、まずタクシー業界から始めませんか、たとえばセレナーデと言ってみたら、〝それはいい考えだと思う、すごく。だけど、とにかくこの仕事のきっかけを作ったのは坂田役員だから、少しこの話は時間がかかるな。若い人たちでそれまでいろいろ研究してください、お互いにね〟と言って電話は切れた。朴常務も驚いただろうけど、この話はこれにて……とという感じだな、残念だけど。とにかく坂田さんが奇跡的に治って復帰するというようなことでもない限り」

若林の言うとおりだと史郎も思った。この話は諦めようと。

午後三時からは、三隅不動産のチーム会議があった。やはり営業の小会議室で。クリエーティブ局からはCD（制作部長）の香河と、史郎がコピーライター兼CMプランナーとして出席した。

三隅不動産のような中古住宅専門販売の会社は多数あるので、三隅はその中の大手とはいえ、かなり激しい競争を強いられていた。三隅担当の営業部長の中村三成は、なかなか人柄の穏やかな紳士として社内で知られていた。

「まあね、私が聞いているところによれば、三隅さんはウチにも汐留さんにも同じことを言っているのは間違いないですが、何か人を引っ越しさせる強いシチュエーションを探してくれとおっしゃっている。汐留さんが大手だからといって有利だなんてことは絶対ありません。ウチが、人を引っ越しさせる強いシチュエーションを探していけば充分に勝てる。その意味でもクリエーティブ局さんに頑張ってほしい。コピーライターさんやCMプランナーさん、何かいいコンセプトを、ここ十日ばかりで考えていただきたい。三隅さんは、プレゼンテーションは二十日ばかり後にと言われていました」

中村部長は、そんなことを丁寧に説明した。

その会議の最中に、ちょっと余談として営業担当の、もう四十年配の森田が、

「皆さん、会議とは関係ないですが、今日の朝のニュース聞きました？　突然、式名財務大臣が辞表とか。ちょっと驚きますよね。この間、内閣改造があって信任されたばかりじゃないですか。突発的な病気みたいですが、首相も困っているみたいですね。まあ病気じゃしょうがないけど」

「心臓かなんかですかね。そんな辞めなくてはならない病気なんて。ひと昔前なら、癌と相場は決まってましたけど」と香河が言う。

「あ、私も聞きましたよ。財務大臣にコロコロ変わられちゃ困りますよね。まあ私たちみたいな安サラリーマンには関係ない話だけど」と中村が言うと、史郎は少し会議の雰囲気を和らげようと、

「部長、我々みたいなはないいんじゃないですか。部長みたいな高給取りが」と言うと、一同、ドッと笑った。

「何言ってるんだ山本くん、君の倍は貰ってないぜ」と顔を赤らめた。

話はまた財務大臣に戻ると、森田が「ニュースだから遠慮がちでしたけど、何か眼の病気とか言ってましたね」

「ふーん、余程悪いのかな」と香河。

史郎は気分が悪くなった。というより、何か変だな、この頃。病気というと、眼の病気ばかり聞く。坂田さんの話を若林さんが奥さんから聞いたばかりだし、遠い昔だけど、俺のじいさんも目が見えないって死んでいったし、それに確かこの間のニュースでは式名さん、二、三年前、癌をやってすっかり治ったので、財務大臣を引き受けたみたいなこと言っていたよな……。

史郎は心の中に何か気持ちの悪い、まさかというような疑念が湧いていた。まさかセンチュリアが……。もちろんその疑いはすぐに心から消し去ったが。何にしろ世界中の癌患者が救われたのだから、まさかそんなことがあれば、世界中が大変なことになっているのに、テレビや新聞ではそんなことはひと言も扱われていない。

会議はまた本筋に戻り、中村部長が、

「香河CD、山本君、お願いしますよ。これだという案を考えて、汐留にひと泡吹かせてやりましょうよ」と言うと、香河はそれに答えて、

「山本だけじゃなくて、よそのプロダクションの優秀な連中にも手伝わせて、一緒に考えさせますから、任せてください」と言って会議は終わった。

史郎は相変わらず会議の内容より嫌なことを聞いたという気持ちで心の内が暗かった。自分の席に戻ってから、周りの迷惑にならない程度の音量でテレビをつけた。ＮＨＫだ。何か

の舞台中継をやっていて、仕方ないのでチャンネルを変えた。一つのチャンネルだけ、夕方早めのワイドニュースといったかたちのもので、財務相辞任のニュースを取り上げていた。首相の顔は全く出てこなかった。間接的に記者が「首相は一日も早いご回復を待っています」と言うに留まったと伝えた。そのニュースでは眼の病気なのか事故なのかもひと言もなかったので、テレビを消した。とにかく明日は邦子の退院だし、いよいよ勇美も家に帰ってくる。暗いことばかり考えてもいられない。

史郎は帰宅するとすぐに天ちゃんが入ったゲージを車に入れ、邦子の実家に急いだ。義母は天ちゃんを見ると、あらあらかわいいわねと言って喜んで史郎と力を合わせてゲージを居間に運んだ。

それが終わるとすぐ、史郎は産院へ向かった。

「明日はいよいよ退院ですね。順調ですよ。勇美ちゃん、かわいい」

看護師さんは自分の子供みたいに言う。史郎は今日、会議で出たような暗いニュースは邦子には聞かせなかった。

「いよいよ明日から勇美くんも入って新生活のスタートね。いろいろ手伝ってね」

邦子が期待を込めて言う。

「もちろんさ。俺たち二人の子供なんだから」

史郎はそう答えたが、これからしばらくはさぞかし大変だろうなと思った。誰でも経験することだけど。

15

四か月後の二〇二二年十一月。勇美は順調に成長。もう四か月。もちろんまだ母乳だけ。ハイハイもまだだけど人間らしくなってきた。夜泣きも少し減ってきて邦子も少し楽になり、隣室で寝ている史郎の寝不足も減った。

さてこの二か月後の一月後半に大事件が起こることになるが、それはさて置き、史郎はこの四か月間は、眼の病気の人も聞いたことがなかったので、センチュリアと眼病の関係なんて、史郎が心配したことはとんでもない素人考えの大外れだったようだと安心した。ただ、坂田氏の失明が回復したという話は若林からも入ってこなかったし、式名前財務大臣が程度はわからなかったけれど、眼病が治ったという話も聞かない。

当時の週刊誌か何かの情報では、式名氏は両眼とも失明したという嫌なニュースを見たこともあったが、それにしても四か月過ぎた今の時点では、誰々が完全失明した、それも癌の闘病経験のある人だといった話は全く聞かない。おそらく癌の神薬センチュリアとはなんの関係もない別の何か怖い眼の病気だったのだろうというのが、史郎の結論だった。

この四か月の間に、史郎というかハッピネス通信にとって幸運なニュースが二つもあった。一つはなんといっても三隅不動産のプレゼンテーションで汐留を破ったこと。史郎は最初は香河CDと相談しながら、基本的には一人で〃人を引っ越しさせる強い動機〃について考えていたが、やはり相手が汐留とあって、一人で考えるよりはもう一人、二人一緒に考える者がいたほうが良いということで、出入りのプロダクションに勤めるCMの企画を専門とする若者にも入ってもらった。そこで彼らが考えた結論が、

『兄弟一緒の部屋は嫌だ』というシチュエーション。プロダクションの若者が言う。

「俺、ずっと三つ違いの兄貴と一緒の部屋だったんですけど、兄貴にどれくらい殴られたかわかんないですよ。ほんと一人部屋が欲しかったんですけど、親父も安サラリーマンだし、もっと広い家が欲しいなんて言えるわけないし」

もう一人の若者が言う。

「俺なんか姉貴と一緒でさ。いくら姉弟たってデリケートじゃないですか。親父も頭が痛かったみたいでしたけど」

そこに香河CDが入ってきて、

「俺なんか男兄弟三人でさ、姉や妹よりはいいけど大騒ぎで、夜もろくろく寝れやしない」

史郎は一人っ子だったからそういう苦労はしていないけれど、日本人のほとんどを占める安サラリーマン家庭では、子供たちが「兄弟一緒の部屋」の苦労をしていることを知った。もちろんほかにも何案か出したけれど、第一のお勧め案として、「兄弟一緒の部屋で起こるユーモアたっぷりのケンカというかやりとり」をコンセプトにした企画を提出した。たとえば姉妹が一緒の部屋で、妹の携帯が鳴る。妹は外に出ればいいのに、着替えをしていたところで出られない。どうもボーイフレンドからの電話らしい。姉上の嫉妬の目が光る。姉上はメガホンを耳に当て、妹の声を聞き取ろうとする……といった笑えないストーリーとかを四案ばかり。

プレゼンテーションは三隅不動産の大会議室で午前中に汐留が一時間半。午後にハッピネスが一時間半。ハッピネスのプレゼンが終わるとすぐに三隅不動産の宣伝部長が、

「ハッピネスさん、なかなかおもしろい案を考えていただきましたね。よろしくお願いします。このシチュエーションでいろいろ舞台を変えて考えれば、充分三年はもちそうですね」

と言ってくれた。五、六人出席していた三隅側の宣伝部員たちも大喜びだった。ハッピネス側からは中村営業部長と担当の森田、それに香河CDと史郎が出席した。全員立ち上がって三隅側の宣伝部員たちに感謝の挨拶をして引き上げた。

三隅不動産といえば中古住宅専門販売会社とはいえ、大きな広告予算をもっていることで有名だ。帰りの電車の中で、中村は香河に盛んに頭を下げていた。なんといっても汐留に勝利したことが彼らの心を昂揚させていた。

「いや、クリエーティブの皆さんのお陰で、これで胸を張って社に帰れますよ。しかも向こう三年ももらえたなんて、局長も大喜びですよ」

中村は上機嫌で、早速飲み会の話まで出ていた。その勝利は勇美が生まれて四か月目のことだった。

もう一つは、夢窓建設のアパート群も、耐震工法を解説する史郎も含む香河制作部長グループの広告の力もあってか、売上げ快調。夢窓の専務から、しばらくはハッピネスさんに広告はお任せしたいということで、香河グループの業績はここ四か月ばかりすこぶる好調であった。ほかにも中堅の電機メーカーの仕事とか、食品メーカーの仕事とか、多少のやり直しその他はあっても、大きな問題は何一つ起こっていなかった。

「あなた、ここのところ仕事、順調みたいね。勇美君があと二か月、半年になったら二月だから、寒いけどしっかり暖かくして久しぶりに乳母車に勇美君を乗せて、どこかに美味しいものでも食べに行きましょうか。勇美君ばかりに手を取られて、あなたにロクなもの食べさせてないし」と、邦子は楽しそうに言った。

「そうだな、何食べるか考えとくよ」

史郎も機嫌良く、邦子のおでこを触った。

16

二〇二三年正月元旦。佐々木家の正月。史郎と邦子で勇美を後部座席のベビーベッドに寝かせて、史郎の実家にまず出かけた。史郎の運転で大田区の裏町の戸建てに住む史郎の父母を訪れた。

「はいはい、邦子さん、明けましておめでとう。勇美は元気か」と史郎の父。

「邦子さん、勇美は元気？　とにかく明けましておめでとう」と史郎の母。

実は「おめでとう」の挨拶をした後すぐに、史郎の父母も一緒に邦子の代々木の実家に行くことになっている。

やがて邦子の実家に五人で着くと、新年の挨拶も早々に、

「今年のお正月は、史郎さんのところは三人になって大賑わいね。我が家も入れたら大変な騒ぎになってきたわね」と、邦子の母は大はしゃぎ。元旦の天気は上々だったから余計に心が浮かれる。

父の光緒も出てきて、挨拶もそこそこに座敷で早速お屠蘇で乾杯。勇美をベビーベッドに寝かせると、邦子は勇美の横に座って、勇美に優しい眼差しを向けている。間もなく雅美叔父も、精神科医の広二叔父も新年の挨拶に来るという。広二叔父はしばらく雅美叔父と会っていない。邦子の母が用意したお重に詰められた豪華なおせち料理が出てきた。雅美叔父のノーベル賞からまだ一年ちょっと。

二〇二三年の年明けは佐々木家にとっても山本家にとっても、この上ない家族だけのお祝いの正月を迎えたわけである。とにかく昨年二〇二二年の正月は、受賞後一か月で、マスコミの騒ぎでろくに正月の祝いもできなかったから。

間もなく雅美叔父がやって来た。その後十分もしないうちに広二叔父もやって来た。広二兄は雅美兄とは、受賞騒ぎ以前からのしばらくぶりの対面だったので、正月のお祝いとノーベル賞のお祝いの二つの〝おめでとうございます〟を言った。

広二叔父は、昨年十月のノーベル賞祝いのときもキャンサー・イーター・ニッポニア発見のときも、彼が当時勤めていた病院からの学会出張でアメリカに行っていたし、史郎と邦子の結婚式にもなんとやらで招待に応じてもらえなかったので、本当に不思議なことに二人は会う機会に恵まれず、四年ぶりの対面だったのだ。

広二兄は義兄の雅美博士を見て、少し目を光らせた。自分が軽く思っていたよりも広二は、雅美の様子に何かを感じた。鬱病というような精神的な病気ではなく、何かの決意を秘めたというか、大きな心の秘密でも抱えているとでもいおうか、精神科医からするとそんなふうに見える。

しかし一家の者たちからは、少し元気ないぐらいにしか見えない。

「叔父さん、おめでとうございます。おめでた続きだけど、あんまり桁外れのおめでた続きだったから、勢い余って元気が吹き飛んだなんてところじゃないの。我々凡人にはわからないけど」と邦子がチャチャを入れる。

「兄貴、おめでとう。去年の正月はマスコミにもみくちゃだったから正月気分でもなかったでしょう。もうあとは遊んでればいいよ。今年は一年何もしないで酒でも飲んでくださいよ。世界中誰も文句は言わないよ」

邦子の父の光緒がからかい半分で言う。雅美叔父はちょっと照れ笑いした。笑いが出るようなら少し元気を取り戻しているのかもしれない。叔父は元旦というのに、また前みたいに髭を伸ばしてシャツはヨレヨレ。邦子の母が言う。

「雅美兄さん、もう人間としてこれ以上、できることはないんだから、あとはお嫁さんを貰うだけ。齢なんか気にしないで。雅美さんぐらいになればお嫁さん希望者はその辺にザクザク腐るほどいるわよ。三十歳くらい年が違う結婚ってこの頃ゴロゴロあるじゃない。思い切ってお見合いでもして、素敵な奥さん貰ったら。そしたら、こう言っちゃ悪いけど、もっと身ぎれいにしてもらえるわよ。男の人が一人でいると、雅美さんみたいな人だって……」と言葉を濁したが、皆、「そうですよ、お嫁さんお嫁さん」と口をそろえる。

広二叔父が雅美叔父に向かって、

「雅美さん、薬なんて大げさなものじゃなくて、サプリメントみたいなものですけど、心を整えるという薬が出てますから、お年賀代わりに持ってきました。雅美さんもお医者さんだから失礼ですけど、私みたいに臨床医じゃないからご存じないかもしれません。朝昼晩と毎食後一錠ずつ、二か月ほど飲んでみてください。たちまち爽快になりますから」

と紙袋を雅美に手渡した。

「いや、ありがとうございます。ご心配いただきまして。いやね、あんまり世界中の癌患者さんたちから感謝のお手紙を頂くものですから、私も恐縮してしまうんですよ。たまたまの発見でしたのに」

雅美叔父がこう言うと、広二叔父が、

「何をおっしゃってるんですか、ノーベル賞学者が。その感謝のお手紙、私なんか同じ医者でも逆立ちしても頂けません。素直な気持ちで頂いてくださいよ」

史郎も広二叔父には悪いけど、思わず笑ってしまった。ほんと、普通の医者には逆立ちしてもできないことだよなと。その後、その話は終わって、ご馳走もいっぱい頂いたから、勇美はそのまま寝かせて、史郎の母に見てもらい、近所の神社にいろいろな感謝も兼ねて初詣に行くことになった。佐々木家は代々キリスト教の信者だが、それとこれとはまた別だ。歩いて五分もしない所にある、普通は存在すら気にしない小さな神社だ。

ところが行ってみると、結構な列がすでに並んでいる。日本人の素朴な信仰心が、いくら正月や七五三のときだけとはいえ、まだまだ根強く残っていることがこれでわかると、史郎は思う。そこに一家でやってくると、列の中から一斉に大声でおめでとうございますの声が上がった。まあ、近所の人たちが多いから、皆、テレビ、新聞で雅美叔父の顔ぐらい知っている。列に並んでいた人々は大騒ぎだ。

中には雅美叔父に握手を求めてくる者たちもいる。列なんか関係なく先へいらしてくださいと言う者たちもいたが、叔父は、

「とんでもありません。そんなことをしたら大罰が当たります」と、結局雅美叔父といえども、日本人の素朴な信仰心の持ち主の一人なんだなあと史郎はつくづく思った。

地元の神様に今までの感謝と今年の幸福、特に邦子の出産が無事に済んだお礼と勇美の順調な成長をお願いした後、邦子と史郎は勇美を連れに戻った。それから史郎と邦子は勇美を連れて横浜郊外の田園都市線沿線のアパートへ、雅美叔父は邦子の実家に戻った。

帰宅すると、もう二か月ほど前に邦子の実家から戻されていた猫の天ちゃんは日差しのいい窓際で寝ていたが、二人が帰ってくると、ゴロゴロ喉を鳴らして大喜び。何かちょうだいといったおねだり顔で邦子にすり寄る。邦子は勇美をベビーベッドに寝かせてから、天ちゃんを膝にのせ、

「まあ、いいことだから良かったけど、今年はあんまり大騒ぎになってほしくないな」と言う。史郎も、

「邦子は育児で大変だよな。俺もできるだけ勇美のことは手伝うつもりだけど、ウチの会社はあんまり理解がないし、仕事も忙しくなりそうだな。坂田役員はとっくに辞めちゃうし、夢窓建設の仕事も次々入ってきそうだし、新しいお客さんの仕事もいろいろ来ると思うし、君に迷惑かけることもあるかもしれないけど、そんなときは許してくれよ」と、しおらしく言うと、あーあ、俺、酒飲めないから、お屠蘇が結構回ってきちゃって眠いよ」

「全く、いい齢してかわいいわね。あたしにはお屠蘇なんて甘い水みたいなものよ」

邦子はアルコールが強いので笑っている。

正月が終わって間もない一月二十日。特別寒い日に邦子の母から携帯が来た。

「邦子、大変なの。今、東都医大から電話が入って、なんでもいいから急いで大学へ来てほ

しいって。今、父さんにも電話して、父さんも学校から急いで大学へ行くって。あなたたちは勇美もいるし、まだそんなに慌てなくていいから、電話を待って。史郎さんにも、できたら会社を早退してって電話して！」

邦子の母はひどい慌て方だ。これは普通のことではないな、と誰だって思う。午後三時。普通のことだったら医大から緊急に電話が来るわけがない。とにかく世界中で著名な雅美叔父のことだ。万一のことがあれば世界的なニュースになる。

邦子の母は取るものもとりあえず大学へ急いだ。大学の雅美の研究室には、学長の青山精一が待っていた。

「あの、誠に申し上げにくいのですが、佐々木雅美博士は午後二時四十二分にこの研究室内で首を吊って自死なさいました。今はまだ大学内でも極秘にしております。ご家族の方々、皆さんお集まりになりましたら、今後のご相談をさせてください。国内外のマスコミへの対応とか、日本と世界の医学界への対応とか。私たちだけではとても決められないことが多すぎますので、すべて皆様とご相談させていただきながらと考えております。もちろん、まだ警察へも連絡しておりません。あるいは警察から見ましたら、他殺ということもあるやもしれません。ただ、私たち医学の専門家が見ますに、自死は間違いないと思われますが」

青山学長は、丁寧に邦子の母に伝えた。邦子の母は動転してしまって何も考えられなかったが、これだけ答えた。

「間もなく親族の者たちが集まります。遺書のようなものは残していませんでしょうか」

「それも私たちが勝手に捜すのも何かと思いまして、引き出しなどは一切触っておりません。ただ机の上には手紙らしきものは見当たりませんでした」と、慎重な言い回しで答えた。

間もなく邦子の父、光緒が勤務先の高校を早退してやって来た。邦子は勇美がいるので来られない。それから、史郎は自分の父母にも来させようと思ったが、それは遠慮して、詳しいことがわかったら連絡すると言って出てきた。つまり邦子の父母と史郎だけが集まったことになる。広二叔父にはとりあえず伝えなかった。東都医大病院は大総合病院であるから、当然、精神科の専門医がいるので、広二叔父とややこしいことになるのは慎重に避けた。

午後四時半から医局の会議室で、大学側から学長、医局長、腫瘍外科部長など、史郎にはよくわからないけれど専門家が出席した。なかには医師ではない医事専門の弁護士のような人も出席しているようだった。その専門家たちと佐々木家からの二人と史郎の三人は、あまりに突然なことに泣く者もいなかった。大学側からは私的な自殺の原因が何か考えられないか、しきりと聞かれた。邦子の父、つまり雅美の弟の光緒が代表して答えた。

「うーん、この頃少し元気がないようにも見えましたが、雅美はご存じのように、ほとんど大学からは外出しないという特殊な生活をしていましたから、私たちからは特別な何かを、つまり私的な何かすら知ることはできませんでした。それに彼からも私的なことでは何も言っておりませんでした」

するとと医事専門の弁護士らしい人が、

「私たちのほうで、博士の研究室を捜索してもよろしいでしょうか。警察にもご協力いただいて。それともご一家のほうで遺書などを捜されますか。引き出しの中とか洋服ダンスの中とか。まあしかし、私のような弁護士とか専門家からしますと、そのあたりのことは私たちにお任せいただいたほうが良いのではないかと考えております。私たちや警察が何かを隠すなどということはありえないと信頼していただいて」と、我々を促すように言った。

「もちろんすべてお任せいたします」と、光緒は答えた。

それから国内外のマスコミへの対応とか、医学界への対応とかも相談されたが、佐々木一家には答えようもない。すべてお任せすることしかできないような専門的な対応ばかりだ。

一時間半ほどで会議は終わった。午後六時。佐々木家から何か特別な大学側への要望は考えられなかった。とにかく、ただただ呆然として何も発言することができなかったというのが正直なところだった。ただ一つ、邦子の父、光緒は、

「何か大学側で雅美のプライベートなことでの精神的な悩みなどが見つかったとしても、その件はマスコミには伝えないでほしいです。たとえば雅美に限ってありえないと思われる話

ですが、男女関係とか。それから警察のご協力などで遺書が見つかった際には、中身はマスコミには発表しないで、我々には必ず読ませてほしいです」と、至極当たり前のことを言った。

それから遺体とのご対面となった。大学病院の地下にある霊安室で、三人は雅美の死顔と対面した。初めて邦子の父と母が涙を流した。史郎は泣かなかった。というより泣けなかった。あまりに何がなんだかわからなくて。

三人が地下から上がってくると、午後七時半でひどく寒く暮れかけていた。警察のサイレンの音が聞こえ始めていた。ともかく三人はタクシーで帰宅することにした。史郎は邦子に携帯で連絡して、邦子の実家に泊まる旨を伝えた。そして邦子にはそのままアパートにいるようにと。それから会社に電話して、まだ会社に残っていた者に、翌日から二、三日の休みをもらいたい旨を伝えた。

翌朝は平日であった。街には朝から号外の声が聞こえていた。駅周辺では、郊外の小さな駅も都心の大きな駅も人々の号外を求める渦ができた。

号外曰く、

『世界の偉人、佐々木雅美博士謎の自殺』、**『人類の恩人、癌追放者、佐々木博士自殺』**、

『世界に衝撃、佐々木雅美博士自殺。原因不明』

号外はこんなふうだったが、新聞もまるで首相が突然暗殺でもされたような大記事である。史郎も邦子の実家で新聞を読み、朝食をいただいてアパートへ帰った。邦子は新聞を読みながら朝から泣いていた。勇美は横で寝ていた。史郎は、

「あんまりのことに口も利けないよ。邦子、いったいどういうことなんだろう」

「あたしにそんなことわかるわけないじゃない。ノーベル賞があんまり重荷だったのかしら」

邦子は涙を拭きながら言う。テレビをつけた。どのチャンネルも叔父の自殺のニュース。とにかく自殺の原因が全く想像もつかないというのが共通の話題だった。アメリカのニュースもイギリスもロシアも中国も、トップニュースは佐々木博士自殺のニュースで、その原因が不明だというのが世界共通だった。

史郎は日本と国際ニュースの両方を見続けていたが、時々博士の自殺原因をプライベートな悩みだったのではないかというふうに推測するものがあった。つまり妻も子供もいない孤独による鬱病が原因だったとするものであった。年齢も六十二歳で鬱病の〝適齢期〟だったとしていた。広二叔父もそんなことを感じていたように思われる。

しかし自殺の真因は思いがけないところから何年後かにわかることになる。世界中が驚き震えるというかたちで。

17

自殺の一週間後に営まれた佐々木博士の葬儀は、自殺とはいえほとんど国葬のようなかたちで行われ、日本のあらゆる分野のトップから世界中のトップに近い人々まで出席して、佐々木家がプロテスタントの信者だったこともあり都心の大教会で行われた。まるでどこかの大国の元首の国葬のように。大国同士の葬儀外交まで行われたようだった。

その葬儀の日は国葬ではなかったにもかかわらず、ほとんどの企業が事実上休みとなった。佐々木一家も山本一家も、もちろん一日中、葬儀の場で過ごした。依然として一家は未だ茫然として何もわからず、それは大学でも警察でも同じであった。自死の原因の証拠となるようなものは何も発見されなかった。そしてまた日々が過ぎ去っていった。

三年八か月後、二〇二六年九月。東京オリンピックの次のオリンピックも二〇二四年に実施され、また潮が引くように熱狂が冷めていった。

史郎家では勇美が四歳になり、幼稚園の年少組に通っていた。

雅美叔父の話題も、もちろん人が人だけにここ三年間、ある意味で動きが続いてはいたが、さすがに三年も経つと少しずつ静まっていった。叔父の自殺原因についても諸説出たけれど、結局これだというのも見つからず、大学からも警察からも捜索の手が離れて、精神的なものだろうということになって終わった。もちろん時々、佐々木家、山本家が、お盆やお正月には集まり、広二叔父もやって来たが、話題は雅美叔父のことになるとしても、もう真相追究というような話題にはならなかった。広二叔父は精神科医としても、もうその話題には触れたくないらしく、

「ああ、あの頃はいろいろインタビューも受けたけど、まあ俺の結論としては、精神的な病というものは胃が痛いとか膝が痛いとかいうものと違って見えるものじゃないから、なかなか病状を探るのが難しいんだよな、専門家の俺がこう言うのもなんだけど……」と言って言葉を濁すのが常だった。

結局、世間一般の結論としても、どんな大発見をした偉人といえども、時としてはそうしたものから逃れられず、結局、鬱病による自殺なのだろう……とかいうことで、死の真因追究は終わった感じだった。

史郎家の話題に戻れば、勇美も幼いながら口も利ける年齢となり、猫の天ちゃんも佐々木家からとっくに返されてきて、三人に一匹、賑やかだった。

そんな悪いことだけではなく、史郎は三十五歳になっていたが、夢窓建設の仕事、三隅不

動産の仕事と成功が続いて、ハッピネス通信に大きな利益をもたらした。香河CDの下を離れ、年齢的には早い昇進だったけれど、彼自身がCD（制作部長）となり、四人の部下しかいない小さな部屋とはいえ、普通の言い方をすれば部長となった。ささやかな祝いに、夫婦二人と勇美で、家族ではほとんどしない外食をした。

史郎の住む住宅街の隣町に、住宅街としては美味しい寿司屋があるということで、にぎり寿司を食べた。勇美にはまだトロとか脂こいものは無理だが、たまご寿司とかかんぴょう巻とか白身のにぎりとかを食べ、帰りは近くのケーキ屋でショートケーキを買って、天ちゃんにもちょっと舐めさせて、楽しいお祝いの時を過ごした。

しかし、また会社で、仕事とは関係ない嫌な話を聞いた。ハッピネス通信という広告代理店には、部長の上に次長、その上に局長という役員兼任の役職があり、局長になればハッピネス通信の社内では〝大出世〟という感じで、部下六十名くらいをもつことになる。史郎の上には上田という四十がらみの次長がいて、その上には片山英一郎という取締役兼任の局長がいた。つまり史郎の部署でいえば、クリエーティブ局長ということになり、史郎にとってはまだまだ雲の上の存在の人である。

史郎が片山から直接仕事をもらったりすることはないが、毎週、月曜日の朝のCD会（部長会）ではいつも司会をしているし、優しい人柄の紳士であった。史郎にとっては理想的な上司であった。もともとは美大出のデザイナーの出身で五年ほど前、四十五歳くらいの頃に早くも胃癌を患い、センチュリアのお陰であっという間に元気を回復、一週間ほど会社を休んだだけですぐ復職した経験があったが、その後はずっと元気であった。

ところがこのところ三週間ほど会社に出てきていない。史郎たち社員にも片山のほうから全然連絡がない。局長という人間にそんなに長く会社を休まれても困るので、会社の医事課の方から自宅に電話してもらうと、夫人が出てこられた。

「実は明日、私が会社にお邪魔して、片山が社を休んでいる事情をお話しに伺おうとしたのですが、私自身もわけがわからない理由で大変困惑いたしております。片山のほうからすぐ連絡しなければならなかったのですが、自分では電話できないというので、私が直接ご説明したいと思います」と、非常に困った様子の夫人の電話であった。

翌日、医事課の会議室で、医事課担当の若い看護大学出身の女性とクリエーティブ局の上田次長も出席して、片山夫人の話を聞くことになった。その内容も驚くべき話だった。

「主人は三週間前、会社から帰ってきて食事しようとすると、突然狂ったように大声を出して、目が見えない、全然見えない、と申すのです。私は一時的な何かと思ったのですが、二時間ほど経っても状態は変わらないようでしたので、あまりのことにどうしたらよいか見当がつかないで、とにかく救急車を呼びました。そして都心にある大きな病院で診てもらったのですが、当直の眼科の医師はすぐ入院されますようにとのことでした。気が動転してしまいましたが、その後三週間、お医者様がおっしゃるには、どんな検査をしても全く失明の原因がわからないので、手の施しようがないと言われたのです。結局、明日退院となったのですが、退院と言われましてもどうしていいのやら、何がなんだかわからないのが、私の現在の心境です」という話であった。

翌日、緊急の局のCD会が開かれ、もちろん史郎も出席した。尊敬する局長の失明の話は、史郎をひどく動転させた。何かおかしい。坂田さん、サラドレル、片山局長……生まれてから三十年以上、全然聞かなかった話をここ三〜四年で何人も聞くというのは、史郎のような医学には全く素人でもおかしいというか、恐怖を覚えるのは当たり前だ。白内障の話ではないのだから。

しかも坂田さんといい、片山局長といい、自分から遠い人ではない。式名財務長官だって自分からは遥かに遠い偉い人だけれど、やはり底でつながった何かを感じる。プロゴルファー、サラドレルだって、あの週刊誌の記事のように完全失明だったのかもしれない。史郎にはどうしても偶然の話には思えなかった。何かある……。

史郎がさらに気になるのは、この四人が四人とも癌の経験者だったことだ。といっても医学に素人の史郎には、それ以上の考えが何か浮かんだわけではない。あくまで彼の恐怖心が生んだものにすぎなかった。

史郎の努力が遠く及ばない医学というか、病理学の世界の話で、二〇二六年から見たら、ひと昔前の〝ＳＴＡＰ細胞事件〟を思わせるような不可解な事件に史郎には思えた。ＳＴＡＰ細胞事件で失明者などは出ていないけれど、自殺者まで出た。史郎はもちろん雅美叔父の自殺を失明事件とは全く結びつけてはいないが、次から次へと世の中にはこのような不可解な謎めいた事件が起こることが不安だった。とにかくこんなことは忘れたい。

家に帰って勇美のかわいい顔を見ていれば幸せであるし、会社の仕事は極めて順調。

「あなた、最近、顔が明るくなったわね」と邦子が言う。自分でももうはっきりと嫌なことは忘れようと決めていた。

「おーい、山本」

局次長の上田から声がかかる。極めて事務的なつまらない男で、史郎にはあまり好みのタイプの男ではない。

「来週から二週間、急で悪いけどロスに行ってほしいんだ。例のＣＭコンクールに行ってくれないかな。去年までは局長に行っていただいてたけど、今年は行けるわけないし、この前ちょっと、今度局長になる小林さんと話したら、今年は若いＣＤに行ってもらおうってことになって、小林さんがお前なんかどうかって言うんだ」

「そうですか、光栄です。行かせていただきます。ロスはCMの撮影で何回か行っているんで慣れてますし、あのCMコンクールも一度、生《なま》で見てみたいと思ってましたし」と答えた。

昔はカンヌで開催されていたものが、東京オリンピック後、舞台がロスに移された。世界中からCM作品の、これぞと思われるものが五千本以上も応募されてくる。CM界の最高権威を誇るコンクールである。

日本からも各代理店やプロダクションから多数の者が、見学といっては失礼だが、参加してくる。なかには審査員として参加する者もいた。

史郎は世界から集まった作品を予選から見て、各国の広告文化の違いを感じ、実に楽しい二週間を過ごした。ハッピネス通信から出品したものは予選落ちしたが、日本の作品も何本か入選した。しかし史郎には少々物足りなかった。日本からの入選作品が少なかったこともあるが、日本のCMがコミュニケーションアイデアの彫りが深い海外の作品に圧倒されていたせいもあった。

日本のCMにはタレントものが多く、日本では人気のCMであっても、ほとんどが日本人以外の人々が占める会場では相手にされていなかった。しかし意外なうれしいこともあった。日本で一緒に働いたことのある、ロスのコーディネーター会社にいるダグラス・ハーパーと会場で偶然、六年ほどぶりに出会ったことだ。

「山本さーん」と声をかけられたのでちょっと驚いて振り向いたら、ダグラスだった。日本の大手のプロダクションでＣＭ制作の修業をしていた男で、史郎は同年齢の彼のことを〝ダグ〟と呼んでいた。ダグは日本人かと思うほど、日本語が堪能だった。

「おーっ、ダグ久しぶり」

「山本さん、お久しぶりです。お元気ですか。こんなゴタゴタした所ではなんですから、私の事務所でゆっくりお話ししましょうよ」

「ダグ、自分のオフィス開いたの？　たいしたもんだねえ」

史郎が驚くと、

「もう四年ですよ、自分のオフィスぐらいもたなきゃ、ロスじゃやってけませんよ。日本や韓国や、時には中国やタイ相手に大変な競争ですからね」

彼が言っている競争というのは、映画の都ハリウッドをもつロサンゼルスに映画やＣＭの仕事でやってくるアジアの富裕国を相手に撮影サービスをする競争という意味だ。特に日本はリッチのうえに英語ができない者が多いので、絶好のお客さんである。撮影機材や照明機材はハリウッドの映画会社から借りられるし、本来の撮影の仕事のほかに、ホテルや食事の面倒を見てあげれば高額のサービス料が得られるというわけだ。

ダグラスのオフィスの仕事というのはそんな仕事なので、うまく固定客さえつかまえていれば、相当の利益を上げているはずだ。でもダグラスは、豪華なソファーの置かれたオフィスに着くなり、コーヒーを自分で淹れて史郎にサービスし、

「噂で聞きましたけど、例の佐々木雅美博士、山本さんの奥さんの叔父さんらしいね。すごい親戚をもったもんだね。おめでとうございます」と、どこかの日本のプロダクションから聞いたのか、いきなりそんな話をした。叔父の自殺の話は知らないらしい。史郎は話が面倒臭くなるからそんな話はしなかった。

「まあね、世界から癌という病気が消えたってことはすごいことだよね。ノーベル賞を貰って当たり前だよね」

史郎はそう言って話を変えた。

「どうダグ、相変わらず日本のＣＭはタレントＣＭばかりで嫌になるよ。あれじゃあ、賞には入らないよね」

史郎が言うと、

「うん、でも今に始まったわけじゃないから。もう皆、日本や韓国のタレントＣＭはわかってるよ。でもアイデア中心のいいものもあるから、十や二十は賞に入ると思うよ。まあ山本さんさ、長い知り合いなんだから、そんなことはともかく、オフィス・ダグラスしも仕事し

てよ。日本語できるスタッフはすぐ集められるからさ」

史郎はほら来たと思った。しかし日本にいた六年前までは、日本のプロダクションのアシスタントの身で、小さな汚いアパートに一人住まいしていたのに、わずか六年の間に大出世だと思った。やはり日本人並みの日本語が彼のビジネスの力になっていることは間違いなかった。日本に修業に来たということは、目の付けどころが良かったということになる。

「まあ、毎回のことだけど、このコンクールも疲れるね。僕の商売としては見ないわけにはいかないんだけど、山本さんはコンクール初めて?」

「うん、まじめに見たら、とてもじゃないけど付き合いきれないから、適当に中抜けしてるよ」

「山本さん、明日の夜はうまいステーキでも食いに行こうよ、韓国人がやってるなかなかの店」

「そんな気は遣わなくていいから、ダグはダグで、もっと大手の代理店を接待しなさいよ。俺のところは、この頃はなかなかロスまで撮影に来れないよ。クライアント（顧客）が予算出さなくなったからさ」と史郎が言うと、

「それはどこも同じさ」と、ダグラスは渋い顔をした。

「ところでさ、山本さん、全然話は違って嫌な話だけど、この頃、ロスのマスコミで話題に

なっている怖い話でさ、何が原因かはわからないけど、ブラインドになっちゃう病気が流行っているらしいんだよ。しかもここ一年で七十〜八十人。この間テレビのニュースでやってたんだけど、原因不明としては異常な数字だって言ってた。糖尿病とか緑内障とか昔からある病気でブラインドになる人は多いんだけど、これは昔からの話じゃない。原因不明でしかも治った人が一人もいないんだって。日本ではどう？」

ダグラスは真剣な表情で「何か怖いよね」と言いながら、真剣に山本の反応を待っていた。

史郎はわざと、

「いやあ、日本じゃ聞かないよ。何か西海岸の新しい風土病なんじゃないの？　怖い話だね……。おっと、俺、そろそろ帰らなきゃ、ホテルで仲間たちと八時からミーティングがあるんだよ」と言って立ち上がりながら、

「ダグ、明日、こちらから午後に電話するよ」と言って、ダグが送るというのを振り切ってタクシーを呼んでもらった。ロスの街はたいがいわかっている。迷うことはない。タクシーから見るロスの街は相変わらず殺風景でつまらない。

史郎は〝ロスでもまた怖い話を聞いたな、ロスまでやってきて〟と、心がひどく暗くなった。ロスで原因不明で失明した人たちが、癌の元患者たちだったのかは知るべくもないけれど。

史郎の耳には二〇二〇年の東京オリンピックの、もういつの間にか六年も経ってしまったあの大歓声が聞こえていた、千駄ヶ谷の新国立競技場での。なぜいきなりその大歓声が聞こえてきたのかはよくわからなかったけれど、このロスでも聞いた暗いニュースをかき消そうとする心理が働いたのではないだろうか。ロスでも完全失明者がそれだけ出たということは、これはおそらく全米中、いや世界から無数ともいえる完全失明者が出ているのではないか。しかも全部原因不明の。史郎の恐怖は幻の大歓声でかき消せるものではなかったけれど、無理にまだ歓声を聞こうとしていた。もちろん八時からのホテルでの、日本の入賞作品が少なかったことについてのコンクールの反省会では、そんな話は全く出なかった。

18

帰国しても、少なくとも日本ではまだマスコミでも、この〝失明者〟の話題は、全く取り上げられていなかった。もちろん史郎の周囲だけですでに坂本、片山、周囲とはいえないが、式名財務大臣と、完全失明者が出ていたが、互いに関連がある失明とは誰も考えている様子はなかった。おそらく医師たちも。

原因は不明にしても、たまたまその人個人の眼の特性でそんなことになったと思われているに違いなかった。今までもあった病気、つまり緑内障や網膜剝離の一種と。もっといえば、歳をとればそんなことが起こるのも仕方ないくらいに。

勇美はもうすぐ五つ。幼稚園の年中組になった。男の子としてはおとなしく、史郎には初めての子だし、すっかり良きパパになってしまった。ロスからもヘリコプターの玩具をおみやげに買ってきた。邦子も当たり前だが、母親として全身で愛情を注いでいる。勇美は家では天ちゃんと跳ね回って遊んでいるし、外にも少し友達ができ始めていた。邦子にとっては、どこの家庭でもそうだが、子供がすべて。史郎はこんなふうに忙しいが、若いけれど中堅の広告代理店で部長なのだから、忙しいのは当たり前だ。

雅美叔父が謎の自殺を遂げてからもうだいぶ月日が経ったが、自殺の真相については依然として誰も見当さえつかないのは変わらない。

こういう記憶も忘れられるわけはないにしても、日常からは遠くなって、史郎夫婦と子供一人、猫一匹の生活は幸せといえた。

しかし幸せというものは、実に意外なことから突然崩れてくるものだ。史郎や邦子にとって最も辛いかたちで。

史郎の家では、入浴の順番が決まっていた。これも、どの家でも同じようなものだが、外で働いている史郎がどうしてもいちばん汚れているので、まず邦子と勇美がお風呂に入り、そして史郎が入浴して就寝することになっている。その逆にしたら、邦子に言わせれば、〝あたしも勇美も次の朝に沸かして入らなくちゃ〟となる。史郎は苦笑する。

ある日、邦子が風呂から出ると心配顔で、

「あなた、勇美のお腹の下のほう、触ってみて。何かが触れるみたいなの」と言う。

「どれ、俺も触ってみよう。何かの気のせいだろうけど。それとも人間誰でも、その辺は膨れてるものなんじゃないの」

史郎は気軽に裸の勇美の下腹を触る。

「うん、なるほどね。何か触れるね。俺も風呂に入って自分のその辺り触ってみるよ」

史郎はそう言って入浴中に自分の下腹を触ってみても何も触れない。史郎が最初に思ったことは、子供は誰でもその辺りを触ると何か触れるけれど、成長するにつれてそれは消えてしまうのだろうと。第二に考えたことは、笑われてもいいから、一応、小児科の医者に診てもらうことだった。史郎は思ったとおりのことを邦子に言った。

「あたしもあなたと同じこと考えたけど、一応明日、あそこの加賀さんに連れて行ってみるわ」と言った。

加賀さんとは、近所にある小児科医で、慎重な診断で評判がいい。翌朝、史郎が出勤した後、後片付けをすると早速、邦子は加賀小児科医院に勇美を連れて行った。

「うーん、確かに何かに触れますね」と、医師は難しい顔をする。邦子は、〝アハハ、これは誰にでもあるものですよ〟という診察を期待したので、青くなった。

「とにかくレントゲンを撮りましょう」

レントゲンのある開業の小児科医はあまりないので、大きな病院を紹介されるのが普通だが、幸い加賀医院にはレントゲンがあった。四、五人待っている患者親子がいるので、その診察を済ませてからということで、三十～四十分待つことになった。邦子は気が気でなかったが、とにかく待つしかない。

大病院へ行かなければならない場合に比べればはるかに楽だ。大病院への紹介となれば、まる一日仕事か下手をすれば、あと二、三日後なんてことになりかねない。その間中、心配を続けるのではたまったものではない。意外に、あっという間にレントゲンの順番が来た。幸いなことに勇美は絵本を見ながらおとなしく待っていた。

医師は看護師さんに何か指示しながら勇美をレントゲン台に立たせて、ほんの一分ほどで撮影は終了した。邦子は放射線を浴びる危険があるので外で待たされていたが、泣き声も聞こえなかったので、勇美はおとなしくしていたようだ。

邦子は診察室に呼ばれた。医師は難しい顔をして、

「うーん、これが十年前なら大変なことでした。最終的には細胞の検査をしなければわかりませんが、左の腎臓に腫瘍らしきものが見えます。お母さん、ほらここを見てください」

加賀医師は短いタクトみたいなものを持って、邦子にはよくわからないがお腹の一部にある黒い塊のような映像を指した。

「細胞検査をするまでもなく、悪性腫瘍です。十年前ならすぐ大病院で二、三日以内に手術となったでしょう。小児の癌は白血病と並んで腎臓が多いのです。すぐセンチュリアを打ちましょう。ほんとにこんな奇跡みたいな薬ができるなんて、私が医学生の頃には夢にも思いませんでした」

医師はそんなことを言いながら、看護師に注射の用意を指示した。勇美の腕に細い小さな注射針を刺した後、

「あー本当に良かったですね、お母さん。一週間ほどで腫瘍は消えると思いますが、念のため、三日後に見せに来てください、必ずね」

医師は厳しい表情でそう言った。

帰宅すると、邦子はよほど史郎に電話しようと思ったが、とにかく悪い結果とはいえセンチュリアは打たれたし、まだ真昼間で史郎は忙しくしているに決まっているからと思い、電

話するのはやめにした。帰宅してから報告したって済むことだ。邦子は医師に、そのセンチュリアは自分の叔父が発見したものだと、一瞬自慢しようと思ったが、ともかく叔父は自殺しているし、話がややこしくなりそうだから、医師には何も言わなかった。

「いやいや、医学はどこまで進歩するものですかね。今に人間の平均寿命は千年なんてことになるかもしれないですねえ、お母さん」

医師は自分に言い聞かせるようにそんなことを呟いた。

「千年も生きたら、どんなおばあさんになっちゃうか怖いです。ねえ勇美はどんなおじいさんになっちゃうかしら」と勇美に囁くと、看護師さんは大笑い。さすがに医師も笑った。しかし今や癌が完全に征服され、やがて心臓や脳に起こる血管病が征服されたら、本当に三百年ぐらい生きるようになるかもしれないと邦子は思い、叔父の自殺の秘密も、案外そんな人間の行きすぎの長寿に対する責任感にあるかもしれないと思ったりした。

勇美は注射されたときも泣かなかった。帰宅後も注射された痕を痛がりもしなかった。医師の注射技術のせいなのか、センチュリアの注射はそれほど痛くないものなのか。とにかくもちろん、事の重大さは何もわかっていない勇美は、何事もなかったようにけろっとしていた。けれども万一を考えて、その日一日は、勇美を一切外には連れ出さなかった。

史郎はいつもより少し遅く九時過ぎに帰宅した。邦子がすべてを話すと青い顔になって、

「電話してくれればよかったのに」と言ったが、邦子が電話しなかった気持ちを話すと、

「うん、本当にすべては叔父のお陰だな。癌ですよ、良かったですね、なんて医者が言う時代が来るなんて。これが十年前なら、今頃大騒ぎだ」

史郎は勇美を膝に乗せて、強く抱いた。邦子は泣いていた。

「本当にすべては叔父のお陰ね。それにしても叔父って……」

言いかけると史郎は表情を強くして、

「その話はしない約束だろ。いくらしても俺たちには何がなんだかわからないんだし」

「ごめん」

邦子はひとこと言って、史郎から勇美を抱きとって、また強く抱いた。天ちゃんが勇美に飛びかかろうとした。

「しあってには、また勇美を連れて行くわ、お医者さんに。あの先生、慎重だから」

「うん、念には念を入れてな」

その話はそこで終わり、史郎は今度の土曜日には邦子の実家に行こうと言った。

「勇美のことも、いくら治るといっても黙っているわけにはいかないし、邦子の叔父のお陰なんだからきちんと報告しないとな」

「そうね。父や母にも報告しなきゃね。この間までなら大変なことだったんだから。叔父の

遺影にもお礼しなきゃいけないし」

佐々木雅美の小さな十字架が写し込まれた遺影は、雅美が生涯独身だったため、邦子の実家に置かれていた。その背後にはノーベル賞の勲章が飾られていた。土曜日になったら、この遺影にお礼しようと史郎は言ったのだ。

その前日の金曜日、邦子は午前中に勇美を連れて、加賀医院へ再び行った。触診で腫瘍が小さくなったことは確かめられたが、念のためもう一度レントゲンが撮られた。その結果も良好だったが、医師は、四日後にもう一度来るようにとのことだった。完全に消失したことを確かめたいとのことだった。そうはいっても医師の表情は、前回とはまるで違って穏やかだった。

「すごいね、センチュリアの威力は。世界史上、最高の発見といってもいいかもしれない。私たち医者も楽になりましたよ。小児癌の治療といったら、私たち小児科医の最も重い荷物でしたからね。患者の子供さんたちにとっては、もっと大変でしたよね」

医師は改めてそんなことを言いながら、勇美の頭を撫でた。いかにも子供が好きで小児科を専攻した人に見えた。邦子は勇美の腫瘍が小さくなったのをレントゲンで確認して、帰りにはウキウキしながら勇美の手を引いて食料店へ向かった。この頃はまた史郎にロクなものを食べさせられなかったから、今夜はきちんとしたものを食べさせたかった。

19

土曜日、父母たちと久しぶりに夕食を一緒にということで、邦子の実家に、夕方から親子三人で出かけた。父母たちも邦子から勇美の状態は聞いていたから、かわいい孫のことだけに、特に心を痛めていた。

しかしとにかくセンチュリアがある。今までとは違う。全世界のセンチュリアではあったが、邦子の父にとっては兄貴のセンチュリアだ。奇跡というほかない。しかもその兄貴は自死して世の中にいない。未だに原因は不明である。父の幸せと困惑も、邦子には自分の父親であるだけに、なんとも複雑な気持ちだ。もちろん邦子自身もそうであるけれど。

今までは、できるだけ実家に行っても叔父の話題は避けてきた。ノーベル賞受賞者の叔父の話題を避けるなんて、本当に変な話だけれど仕方ない。だから、雅美叔父の陽の面、癌の超特効薬の発見の話題だけを話してきた。特に今日は勇美の腎臓癌の完治のお礼の話だけをもっぱらの話題としていた。

親子三人で、叔父の遺影に心からのお礼をした。勇美のこれからの長い一生が保障されたのは、まさに叔父のお陰以外の何ものでもない。勇美も事態がよくわからないままに、彼にとっては大叔父の遺影に小さな手を合わせた。本当にもしセンチュリアがなかったら、今頃、史郎の実家も合わせて真っ暗であっただろう。今日は史郎のほうの父母は遠慮するということで来なかったけれど、それも結局は雅美の自死にある。

一家五人ですき焼きを囲み、史郎が勇美の将来への期待の話をしたり、邦子がどれくらい勇美のことで落ち込みそうになったとか、今だから話せることがもっぱらの話題だった。父の光緒は、

「勇美のことは本当に良かった。俺なんかもう六十五歳だから、今までの人生、ほとんど癌になったら終わりだという覚悟の人生だったからな。もちろん助かった人たちもいっぱいいいたことはいたんだけどな、今みたいに絶対っていう保障はなかったからな。邦子も史郎君も、勇美のことは大事に育ててくれよ、いつまでも俺たちが見られるわけはないから」と、ちょっと寂しい話をした。

確かに二〇二〇年の東京オリンピックの後の雅美叔父の大発見までは、まだまだ光緒が言うような時代が何十年も続いていたのだ。邦子の母の和子も、勇美を膝に抱いてうれしそうだった。たった一人の孫なのだからなおさらだ。

それやこれや、ほとんど勇美の話をして三人は帰宅した。史郎は翌日の日曜日の午前中は、会員になっている近所のテニスコートで二時間近くもテニスをして汗を流した。このところ

周囲に起こった衝撃は強かったが、所詮は他人事のニュースだったことが、まさか自分の家に降りかかってくるとは思ってもいなかったから、勇美の完治に久しぶりに気持ちの良い汗が流せた。午後は一家で近所を散歩して、春めいてきた気持ちの良い空気を思い切って吸った。

しばらくは幸せな明るい生活が続いた。史郎は広告代理店の制作部長として多忙な日々が続いていたが、三十代半ばのサラリーマンが忙しいのは当たり前だ。まさに働き盛りである。勇美の腫瘍はもちろん完全に消え、医者通いはとっくに終わって半年近くが経った。

いつの間にか真夏になっていたが、東京オリンピックの四年前のリオのオリンピックの頃のような暑い夏に比べたら、海流の変化のせいでだいぶ楽な夏になっていた。これも自然現象ではなく、アメリカの天才地球物理学者の成果で、海流の温度を三℃ばかり上げ下げできる地球規模の海水回流装置の発明で、季節まで多少は変化させられる時代が来ていたのだ。これも東京オリンピックの翌年の発見で、二〇二三年のノーベル賞がこの博士に贈られた。リオデジャネイロオリンピックの年、つまり二〇一六年からわずか五、六年の間に、次々と二〇一六年の頃では考えられないような驚異的な発見、発明がされていたのだ。

それから二〇一六年頃に比べて、大きな政治的事件もあった。日本で初めて首相が女性になり、ある意味で今まで当然起こってもいいような、むしろ遅すぎた事態ではあったが、やっと女性が元首でも当たり前の時代がやってきていた。そしてあの頃には考えられなかった国際的政治〝事件〟が二つも起こっていた。あくまで日本のことだけれど。

一つは歯舞、色丹島返還を条件に、長年の課題であった日露平和条約が結ばれたこと。もう一つは〝日中安保〟が結ばれたことである。

二つとも日本とロシア、中国の間のことだが、世界的なニュースにもなった。日露の力は、東京オリンピック後の日本の好景気を背景に、ロシアに大きな援助をしたことにより、ロシアの首脳がついに動いたということだろう。択捉、国後の二つの大きな島に比べれば、歯舞、色丹島は小さな群島、自国民の怒りもなんとか抑えられるとの判断があったのだろうか。第二次大戦後八十年近くを経て、ついに日露平和条約が成立したのである。

日中のほうは、日露に比べれば歴史的にも文化的にも近い国、確かに政治的には相手は共産国だが、といってもある面では日本以上の資本主義国家、アジア全体の将来の平和と互いの経済援助、日本初の女性首相と中国首脳の思い切った決断もあって、我が国内の〝社会主義勢力〟の猛反対を押し切っての「日中安全保障条約」が締結された。

要するに日中は絶対に戦争しないし、どちらかの国が侵犯された場合には、一方が必ず援助するという、日米安全保障条約と同じ性質の条約だが、意外なことに、アメリカは全然反対しなかった、アメリカは心底では、中国を真の敵とは思ってこなかったこともあるが。

というわけで、二〇一六年頃には、日本はアメリカにしか守られていなかったが、わずか十年後の現在では、ロシアにも中国にも守られて、万全な平和国家になっていた。

全く性質は違うが、その上、日本からそして地球上からの癌の完全追放である。世の中は多少の不景気はあっても、歴史上、最高に明るい世界となったといってもよかった。

厚労省の調査によれば、センチュリアの使用で救われた癌患者は年間四十万人、、、、恐るべき素晴らしい数字である。逆に言えば、これまではこれに相当する人々が癌で死んでいたことになる。まさに政治的にも医学的にも幸福の絶頂である。

20

しかし世の中、こんな幸せが続くはずがないことは、今までの歴史が示している。八十年以上前、アジアで日の出の勢いの日本が、ほとんどアジア全域を押さえていたといってもいい日本が、わずか三年半で焼け野原の国になってしまうと誰が想像しただろうか。

そして全然状況は違うけれども、日本に、いやそれどころか世界にとんでもない不幸が間もなくやってくるとは、誰が想像しただろうか。

史郎はCD（制作部長）になったので、彼自身のところに直接仕事が入ってくるようになった。韓国の現時代自動車のセレナーデという車を輸入して、タクシー業界で使って日本で市民権を取らせ、中級車としてどんどん売れるようになれば、ハッピネス通信として〝汐留〟や〝田町〟が手をつけない分野で大きな仕事ができると思い、先頭になって進めていた当時の坂田役員が原因不明の失明をしてしまい、そのまま滞っていた仕事を、英語が達者な営業の若林と再び挑戦してみようと史郎は思っていた。ヒラ社員ではそれは無理。CDになった今は、若林さえその気になってくれれば、うまくいくかもしれないと思い、大手のタクシー会社にその脈があるかを知らべるために、若林を連れて大手の大興タクシーの社長に予約して面会を求めた。ところが、もうまるで相手にされない。

「そんなことできるわけないだろ。タクシー会社はすべて日本の大手の自動車会社と契約してるんだ。少しぐらい安いったって、そんな裏切りをしたら、ウチが危なくなるよ。さあ帰った帰った。今はそれどころじゃない。ベテランでいちばん儲けてくれた運転手が一週間前に急に目が見えなくなっちゃって、今大変な騒ぎなんだ。しかも先々月から失明者が二人目なんだ。韓国の自動車どころじゃないよ」

社長は怒鳴るように言った。史郎と若林は逃げるように帰ってきた。

「こりゃダメだ。諦めるしかないな。坂田さんに恩返ししようと思ったけど」

若林はそんなことを言ったが、史郎はそれよりも、社長が言っていた運転手さんの原因不明の失明の話に心が閉ざされた。どうも変だ、あまりにも。原因不明の突然の失明。この恐ろしい話を坂田役員のときに初めて聞いてからもう何人目だろう。若林と史郎はさすがにこの話は諦めて、会社に帰るために駅に向かおうとしたが、駅前にある新聞スタンドのタブロイド版大衆紙に、マスコミでは初めてといっていい活字が躍っていた。

『原因不明の眼病、流行か。恐怖の突然の完全失明』

の大見出しが史郎の目を刺激した。大マスコミではなく、いわゆるイエロージャーナリズムに近い新聞とはいえ、とにかく史郎の心はさらに暗く閉ざされた。というのも、小見出しに、

『癌経験者だけに発生か』

と書かれていたからだ。史郎の眼前には勇美の顔が大きくチラついていた。飛びつくように史郎はその新聞を買った。とにかく読もう。だけど絶対、いきなり邦子には読ませないこと。ガセネタの可能性もあるし、まともに読んだら邦子は気がおかしくなってしまう。

若林は史郎の様子に驚いたようだったが、あくまでタクシー会社の社長の乱暴な態度に驚いているのだと思っていた。若林は有楽町に着くと、ちょっと別の顧客に寄るからと言って

別れた。史郎は近所にあった喫茶店に飛び込んで、睨みつけるようにタブロイド版の新聞を読んだ。記事は大見出しと同じ内容を繰り返しているだけだが、聞いたことのない科学評論家か医師が解説をしている。

「原因不明、治療法不明の失明者がすでに日本だけでここ二年で七千人ほど出ているが、このままいけばここ五年以内に少なくとも二十万人以上出るだろう。これは大変な事態だが、未だ不明治療法は皆目見当がついていない。癌既往症者に集中しているという説もあるが、未だ不明だ」

そんな不気味な解説だ。〝少なく見積もって日本だけでここ五年で二十万人〟。史郎はこの言葉にほとんど気が遠くなった。頭の中はもっぱら勇美のことだ。耳が聞こえなくなるとか、匂いがわからなくなるとかいうのとは話の桁が違う。勇美は幼くしてすでに癌の既往症者である。史郎の最大の心配が勇美にあることは、人の親として当たり前のことである。

ただ一つだけ、史郎が不思議に思っていることがある。

こんな恐怖が眼前に迫っているのが事実とすれば、どうして大マスコミは沈黙しているのだろう。NHKも民放も大新聞もこのことに関しては一切沈黙を守っている。もし発表したことが全然事実と違っていたら、いたずらに国民に恐怖を撒き散らすことを恐れているのだろうか。よくSF怪奇番組にあるような、小惑星が三十年以内に地球に衝突か……といった番組みたいに。番組をよく見てみると、確率二十兆分の一とかいう内容だ。脅しておいて中身はほとんどまるで嘘に近いような、そうした記事はこれまでにもあった。

大マスコミの沈黙の原因はそうした脅かしを恐れているのだろうか。もしかしたら明日、失明の原因がはっきりして、薬もすぐ開発されるようならば、大マスコミがそんなものを取り上げるはずもない。史郎はそう考え、自分を安心させた。邦子には、そんな記事を読んだことは決して言うまいと、改めて誓った。

21

二〇二七年の晩秋、十一月。

勇美は五歳二か月。言葉も簡単な日常後は話せるようになって、ママやパパにいろいろと話しかけるようになっていた。天ちゃんの尻尾をつかんで振り回したり、天ちゃんにとってはとんでもなく迷惑だろう。しかし史郎は勇美の行動を見るたびに、ついつい勇美の眼を観察してしまう。何か眼に変化が起こっていないかどうかと。

晩秋の気持ち良い休日に、親子三人で井之頭公園までドライブに出かけた。史郎が小学生の二年生ぐらいのとき、両親に連れて行かれて気持ちの良い一日を過ごしたことを覚えているので、今はもうまるで違った公園になってしまっただろうという思いもあったけれど、横浜市からはるばるドライブした。

しかし公園は子供のときの記憶と全然変わらず、まるでタイムスリップでもしたみたいに、父が漕いで乗せてくれたボートが、大きい池に浮かんでいた。公園の中の葉も色づき始めていて、気持ちの良い風が史郎にも邦子にも秋を感じさせた。公園の広場にビニールシートを広げて、邦子が作ってきたかんぴょう入りのり巻き寿司を二人で食べていた。

するとすると向こうから中年のカップルが、ゆっくりと一歩一歩踏みしめるようにやってきた。歩き方が不自然なのでつい見つめてしまうと、妻らしき女性に手を引かれた中年男性は白い杖を突いている。暗い表情をした妻らしき女性。男性は目が見えないようだ。それも史郎の見た様子では、男性は元々の障害者ではなく、そう遠くない日に眼を悪くしたと思われた。なぜなら二人組のこんな会話が聞こえてきたからだ。

「どうして、どうしてこんなことになったのだ。せっかく癌が治ったというのに」

するとすると妻らしき女性が、

「大丈夫よ。今度行く病院の先生は、神の手と呼ばれているんだから」

「見えない、何も見えない、ここは公園の中なのか」

邦子も驚いて二人組を見て、暗い顔になった。せっかくの秋の好天に親子三人ではるばる井之頭公園までやってきたというのに、こんな光景に出会うなんて。

史郎は、それもそうだが中年男性の言った、

「せっかく癌が治ったというのに」

のひと言が胸に刺さった。やはり……そうなのだ。史郎が密かに疑っていた、癌の〝神薬〟センチュリアに何かあるに違いないという〝証拠〟がまた一つ。今まで彼の周りで起こった突然の失明事件の被害者は、例外なくセンチュリアからの生還者たちだったからだ。

雅美叔父の自殺も、このことと関係あるに違いない。史郎の中では、ますます大マスコミや医学会がこの件に全く沈黙していることに不審感を募らせた。しかし邦子には言わない。勇美の身にも関わってくるとしたら、邦子は気が狂ってしまうだろう。

「気の毒な人がいるな」

史郎はそれだけ言った。

「ま、とにかく、そんなことは忘れて、ボートに乗りましょうよ。勇美くんもさっきから乗りたくてしょうがないみたいよ」

親子三人はボートに乗り、気持ちの良い風が吹く林の間を散歩して帰った。秋の気持ちの良い一日を送れるはずだったのにと、史郎はまだ手を引かれた中年男の姿が頭に浮かんでい

た。邦子は勇美に万一ではあっても失明の危険があるかもしれないなんて、夢にも考えていなかった。

史郎が思うに、世の中には眼に障害のある人は決して少なくない。生まれたときから何かの原因で見えない人もいるが、成人してから見えなくなる人もいる。それは緑内障や糖尿病、網膜剝離をはじめ、いわゆる重大な眼の病気を原因とする人々で、自分にだって邦子だって、やがては成人すれば勇美にだって、誰にでも起こる可能性があり、したがって誰にだって程度の差こそあれども、失明の可能性はあるのだ。

しかし医学は進んでおり、運悪くそうした病気にかかったからといって、誰でも失明するわけではない。回復する人々も大勢いるはずだ。それが今の世の中の眼病の実情である。

ところが今、史郎が聞き及ぶものは、こうした性質のものとはまるで違う。ある日突然に完全失明するという、聞くも身の毛のよだつような恐ろしい話だ。しかも回復したという話を今もって聞いたことがない。坂田も片山も、偉い人だからよく知らないけれどおそらく式名も、回復に向かっているという話は聞いていない。癌が治るようになったといっても、人間というものは、やがては必ずほかの病気、または事故で死ぬ運命にある。だからといって突然の途中失明の不幸は、世の中の不幸の中でも、最悪のものの一つといっていいだろう。

自分がもしそうなったら、いったいどんな世界に自分は生きることになるのだろうか。それを考えただけでも史郎は気が滅入った。

ある日、会社の史郎の机の上に、小さなお知らせのプリントが置かれていた。

『毎年一度の人間ドックのお知らせです。山本史郎さんは十一月六日（水）、近くの恵《めぐみ》病院で、午前九時半からです。胃腸の検査がありますから、前日の夕食は午後八時までに済ませてください。水の摂取は大丈夫ですが、アルコールは厳禁です』

そんなお知らせだった。毎年のことだ、当然、受けなければならない。もし嫌がって受けないと、必ず追いかけてくる。史郎は当たり前のように人間ドックを受けた。全科目の診察がある。史郎は三十六歳、普通は「異常ありませんでした」の報告が会社に戻される。

ところが腸にポリープがあるので、念のため再検査という結果が会社に戻ってきた。史郎はギョッとした。誰でも驚く。しかし大腸のポリープというのは、三十歳も過ぎればかなり多数の人にあるもので、珍しいものでもなんでもない。大体の場合、〝ポリープは良性でした。念のため、内視鏡で切除しておきました〟というのが普通であるし、今時、万一、悪性であったとしてもセンチュリアが待っている。普通の人には気楽なものだった。

史郎はもちろん邦子に、人間ドックの結果を報告した。

「あらポリープ、早いわね。あたしの食事がいけないかしら。でもあたしの友達にも大腸ポリープの内視鏡手術をした人がいるわ。もちろん良性だったけど。でもさ、今や悪性だってなんの心配もないわね、叔父のお陰で」

と、邦子は心配そうな顔もしないで、勇美どころか天ちゃんの喉を撫でている。天ちゃんはなんの心配もなく、喉をゴロゴロさせている。幸福な猫だ。

22

大腸ポリープの再検査当日の朝、史郎が出社してから、初めて眼病に関する大マスコミによる大ニュースの発表があった。ＮＨＫをはじめ、民放、大新聞社が揃っての発表だった。明らかにここ何か月か、各社の幹部および専門の一流医学者たち、それどころか世界中の一流医学者が集まっての侃侃諤諤の会議が繰り返されてきたに違いない。
いつかのタブロイド紙の報道は、その噂を聞き込んでのスクープ記事のつもりだったのだろう。なにしろ事が事だけに百パーセントの確度のニュースが要求される。あっ、あの部分は間違いでした、なんてことは許されない。
今ここに、わが国の売上げ一位の大新聞、東洋新聞*の記事を紹介しよう。（*仮名）
朝刊一面三段抜きの大見出しで、

「癌体験者に失明の恐れ。センチュリアの副作用か。センチュリア、本日をもって全世界で使用停止。すでに日本で十五万人、全世界で百万人以上が完全失明か。ただしセンチュリア副作用説には未だ反対意見もあり」

会社では皆、センチュリアの発表のときと同様、各新聞やテレビ、特にNHKの報道に食い入るように見入っている。仕事どころではない感じだ。

史郎の心には、勇美の将来の心配と大腸ポリープ再検診のお知らせが鉛のようにのしかかってきた。これが事実とすれば、万一悪性の場合、センチュリアが使えないということは、また東京オリンピック以前の、苦しい抗癌剤と手術の世界に舞い戻るということになるのだ。

テレビではまた専門家の解説者が出てきて、

「センチュリアを飲んで癌を徹底的に治した人たちが何年か経って失明するという、今の医学では理解のできない大不幸が起こったことが絶対的な事実かどうかは、残念ながら科学的には現在、全く解明されていません。ただほかに失明の原因を探すことができないので、そう結論せざるをえないのです。あと何年かして、別の原因が発見されたとするなら、センチュリアを発見した佐々木雅美博士の栄誉にとって、とんでもないご迷惑をおかけすることになるでしょうが、君子は危うきに近寄らずという言葉もありますから、まずはセンチュリアの使用を禁じるということは、今できる唯一の安全策と言わざるをえないのです。近頃、天体の研究が発達したために、太陽系外惑星の探査ロケットが全く未知のビールスを持ち帰ったためだというようなことを主張する学者もいますが、そういう荒唐無稽な説などに惑わされてはいけません。今は現実を見るほかはありません。その現実とは、センチュリアを使ってはいけないということなのです」

解説者の言っていることは、なるほどといえることばかりだった。ということは、冷静になって考えてみれば、万一、自分のポリープが悪性であって、センチュリア発見以前の苦しい治療を受けなければならないとしても、治癒しさえすれば、失明するという危機からは逃れられるのだ。

ところが勇美は五歳近くにしてすでにセンチュリアを打たれてしまっている。自分に比べて何百倍も、いや何千倍も危機が迫っているのだ。史郎は会社からは邦子に連絡しなかったし邦子からも史郎に連絡がなかった。それどころではなかったのだ。

帰宅すると、邦子は大泣きしていた。

「あなた、今日のニュース特集見たわね。ねえ、勇美君はいったいどうなるの。ねえ、あなた、勇美君は……」

史郎も答えようがない。勇美はまだ五歳だが、さすがに自分についての何か良くない話を両親がしているのがわかるのか、不安そうな顔をしている。

「センチュリアを打ったからといって全員が失明するというわけではないだろ。今焦っても仕方ないよ。もう少し様子を見ようよ」

史郎はやっとそれだけ言った。

天ちゃんは、当たり前だが何がなんだかわからないで無邪気に走り回っている。

邦子は泣きながら勇美を抱いて、

「あなた、あたし実家に行ってくる。晩ご飯はおにぎりとお味噌汁でごめん。実家の周り、センチュリア発見のときと同じような大騒ぎらしいの。大天使が大悪魔ということになって。テレビ局や新聞社もそうだけど、センチュリアを打たれて失明したらしい人のご家族が怒鳴り込んできているらしいの。本人がいないから父と母を取り囲んで。父と母もどうしようもないじゃない、本人がいないんだから。ノーベル賞返せ！　なんて叫んでいるらしいわ。とにかく勇美君は置いて、あたし行ってくる。あたしが行ってもどうしようもないけど。帰りは夜中になる」

邦子は泣き腫らした顔で出かけた。

史郎はその日の夕方に受けた自分のポリープ再検査の話はしなかった。そんなことを言える雰囲気ではない。邦子だって心配しているとは思うけど、女親にとっては、何よりもまず子供だ。史郎は邦子の帰宅前に寝た。待っていたら何時になるかわからないし、翌日は会社で眠くて仕事にならない。

翌日起きると、横で勇美を抱いて邦子は寝ていたが、史郎は朝食抜きでそのまま出社した。

社内では、史郎の妻が佐々木雅美博士の姪だと知っている者もいたが、皆大人だから、嫌な反応をする者は誰もいなかった。別の言い方をすれば知らんふりというか。

仕事は私的な状況とは関係なく入ってくる。会社に来ればいつまでも勇美の心配をしているわけにもいかない。でもその間にも、社内でマーケティングの調査を仕事としていた中年社員が突然失明したというニュースも入ってきていた。全く仕事上の付き合いはない人で、顔ぐらいしか知らない人だったが、大きくもない社内で、もう何人がこの病名もついていない恐怖の眼病に襲われたことであろう。

この人も三年ほど前にタバコの吸いすぎから喉頭癌を患った経験があるということだった。間違いなくセンチュリアのやっかいになったことだろう。自分の周囲のそんな話を思い出すたびに、一時的に勇美のことを忘れようとしても無理な話だ。それに邦子の心情を考えれば、邦子をどう支えてやるかを考えるのも史郎の大切な仕事だ。精神的に異常をきたしてしまうことも充分考えられるからだ。

「おーい山本、仕事だ。ちょっとヨーロッパに行ってもらいたいんだけど」

局次長の上田から突如の海外出張命令だ。上田は山本にこんな話をする。パリで世界コミュニケーション会議があるが、社長が言うのには、「営業の者より、クリエーティブ局の活きのいいのを代表に送れ」と言っているらしい。

〝汐留〟も〝田町〟もたぶん、そうしてくるだろう。要するに『人にモノを伝えるためのアイデアの知恵』を、専門家が世界中から集まって話し合おうという会議らしい。十日間ほどだ。総務課の坂西にエアーとホテルを取らせるからお前は行くだけだ。パリに俺がよく知っているクリスチャンという名の日本語ペラペラのコーディネーターで洒落たパリジャンの四十男がいるから、そいつを通訳につける。上田の話はそんなところだった。

いい話だ。史郎の社内の将来にとっても。この前のロスにおけるCMコンクール参加といいこの会議への参加といい、社内で選抜されて世界的規模の会議に参加するということは、史郎の社内におけるエリート的立場が保障されるということだ。しかし史郎は嘘をついた。

「あの、上田次長、行きたいのは山々なんですが、プライベートな話で誠に恐縮ですが、妻が子宮に癌が発見されて、しかもセンチュリアが禁止されたので今ピンチなんです。まだ五歳の子供がいまして、預ける所がなくて、昼間は近所の施設に預けていますが、夜は私が迎えに行かなければいけない状況で、とても十日は家を空けられません。本当に申しわけありませんせん。せっかくのいいお話を」

上田は驚いて、

「それは大変だな。パリどころじゃないよな。別の人間に当たってみる。奥さん、お大事に」と答えて、この話は切れた。

確かに話は嘘だが、今の邦子と勇美を置いてヨーロッパ十日は辛いものがある。勇美と邦子を邦子の実家に行かせることも一瞬考えたが、単なる逃避にも思えた。今は邦子を支えてやり、勇美が失明する最悪の可能性をいくらかでも少なくすること、つまり、優秀な眼科医探しをすることだ。

史郎は帰宅しても、その日、上田からあった話は一切邦子には言わなかった。大腸ポリープ再検査の結果は、幸いなことに良性で、医師からも全く問題ないという話だった。三年おきに検査していきましょうと言われた。ポリープのある者は誰でも言われる。

その夜、邦子にそのことを報告すると、

「良かったわね。最初からそれほど心配してなかったけど」と言って、久しぶりに笑顔を見せた。

癌との闘病を選択するか、完全失明を選択するか、全世界の人々が迫られた。禁止されたというものの、陰でセンチュリアを注射してくれる医師はいた、高い価格で。しかし癌に冒された人々の九〇％以上が、癌との闘病を選択するようになった。なぜなら考え様によっては、癌の治療法は東京オリンピック以前に戻っただけだ。抗癌剤、手術、免疫療法、放射線治療、その他、苦しいけれど助かる可能性は充分にある。センチュリアのように、夢のように簡単には治りはしないけれど。以前の治療法でも五〇％近くの人々は助かっていたのだ。

しかしおそらくセンチュリアによる完全失明は、今のところは光を取り戻す可能性は全くない。わずか一割程度の人々が、センチュリアを打たれていても、失明から免れることが判明していたが、これもまた理由は全然解明されていなかった。このことさえ解明されたらずいぶん状況は変わったのに。

それから四年が経って二〇三一年になっていた。勇美は九歳、小学校三年生になっていたが、今のところ幸い失明の兆しは見られなかった。しかし邦子は、勇美が幸運な一割の人たちに入ってくれることを、ただただ祈っていた。この一割という意味はセンチュリアの注射を打たれてから六年経っても目になんらかの異常が起こらない人たちを指していた。すべての完全失明者たちはセンチュリアを注射して六年以内にその症状が出ていたからだ。

勇美は四歳のときにセンチュリアを打たれているから五年経っているが、まだ危ない。まだ危険から解放されていない。けれども、とにかく今はまだ晴眼者だから普通の小学校へ通っている。しかし勇美にはまだはっきり何のことだかわからないから、彼自身は恐怖は感じていなかった。ただ帰宅すると母親、邦子に連れられて点字の塾に通わせられるようになった。

勇美は、ほかの子は誰もそんな所に通っていないのに、なぜ自分だけが通わせられるのか、少し不安に思う気持ちも残っていた。もう易しい字ならちゃんと普通に見えて読めるのに、なぜブツブツとした突起で表された文字らしきものを指で触らせられながら自分だけが読まされるのだろうか。ほかにも何人かの子が通ってくるが、皆、目が見えないかわいそうな子供たちだった。勇美は、通う日が重なるたびに何か変だと思う度合いを強めていた。

「この文字が読めるようになると、大人になってすごく得するよ。今からやっておくと、大人になって始めた人なんか問題にならないくらい速く読めるようになるの。すごいお仕事だってできるようになるのよ。さ、今からどんどんやっておきましょ」

邦子はそんな言い方をして、勇美に点字を覚えさせようとしていた。幸運にして勇美にあと一年、何事も起こらなければ、そのときはその時。晴眼者で点字も読めるなんて、何かの役に立つかもしれない。邦子だけでなく史郎もそう考えていた。

23

センチュリアのお陰で、一時は解散となった癌専門病院は再び診療を開始していた。癌治療に関するすべては東京オリンピック以前の状態に戻ったのだった。ただ、真っ暗な闇の中での一条の光であったが、少しずつ失明者の数は減ってきていた。というのはセンチュリアが禁止されてから月日が経ったことによって、センチュリアの副作用を被る人がほとんどいなくなったので、失明者が減少してきたと考えるのがいちばんわかりやすかった。センチュリアによる治療と失明の因果関係は決定的なものになりつつあった。

だがそうはいっても、あと一年とはいえ、史郎や邦子にとっては我が子勇美の失明の危険が減ったわけではない。勇美は間違いなくセンチュリアのお陰で小児癌から救われたのだから。

邦子と史郎の、毎日の不安は少しも減っていなかった。

しかし事態はどうあろうとも、会社は毎日ある。広告代理店というやつは不思議な会社で、宣伝というかコミュニケーションに関することはどんなことでもするので、コピーライターだといっても結局はどんな仕事でもやらされる。史郎が勤めているような中規模な代理店では特にそうだ。

「おーい、山本」

上田次長からの、またのお呼びだ。この前はパリ行きを断ったから、今度はどんな仕事でもやらざるをえない。

「おい、例のセンチュリアで大儲けした大帝国製薬、このまま行ったら下手したら倒産だ。あそこ、センチュリアやる前までだって一流製薬会社だったのに、それをセンチュリアを独占で扱ったから、世界中からとんでもない利益が入ってきたことは山本もよく知ってるだろ、ボーナス一千万円なんて言ってたこともあったよな。だけど例の世界で失明者百万人以上の補償問題で、あそこが一時抱えていた三兆円以上の利益のほとんどを吐き出して、資産がゼロに近い状態なんだ。だけど大帝国さんといえば、風邪薬だって胃薬だって元々日本で一、二を争っていたんだから、やりようによってはまだまだ元気を取り戻せると思うんだよ。山本、大帝国さんの息を吹き返す企業広告、お前のチームで考えてくれ。大帝国さん焦っているから一週間以内にプレゼンしてくれなんて言っている」

「はい、わかりました。難しそうだけど、なんとか頑張ります。社名変更なんてありですかね」

史郎はとりあえず咄嗟に言ってみた。上田は、

「うん、まあそれもアリかもな。ちょっと名前が汚れすぎたもんな。まあとにかく四日ばかり考えて、とりあえず俺に見せてくれ」

上田はそんな言い方をした。嫌な仕事だった。雅美叔父の起こした大事件の尻拭いでもあった。だけど、これも何かの縁だ。とにかく何かを考えねば。史郎はそう前向きに捉えて部下たちに各々自分なりに課題の解決を考えてくるように命じた。

山本は、口から出まかせみたいに上田に言った言葉だが、案外にアリかなと思った。相手は必死だ。だいたいのことなら聞く耳をもっていると思った。

三日経った。山本ＣＤ部の小会議室で、六人に増えた部下が各々考えてきたものを山本に説明した。

『センチュリアではご迷惑をおかけしました。大帝国製薬はゼロからやり直します。引き続き応援してください』

おい井之口、こりゃなんだ。史郎はほとんど怒っている。センチュリアのことなんかに触れたら、いくら謝ろうが怒りを買うだけだ。

次、坂井。

『この冬の風邪は、大帝国製薬のナオールにお任せください。ナオールで治る』

坂井、お前は下手な漫才師か。どこかの薬屋のマネするんじゃない。それに〝大帝国〟の危機感が全然伝わってこない！

史郎は、ほかに何人かの部下のロクでもないコピーを怒鳴りながら、自分が考えてきたものにもイマイチ自信がなかった。

「俺もちょっと考えてきたが、少し大胆かな」と言い訳しながら。

『もうすぐサクラ製薬の風邪薬コンチェルト、胃薬ソロのお陰で他の風邪薬、胃薬はこの世から消える。サクラ製薬は皆様の製薬会社として颯爽とスタート』

大帝国製薬に社名変更を提案しながら、大胆なコピーで全く新しい製薬会社に見せかける！　というのが史郎の作戦だった。風邪薬の名前も胃薬の名前も改名して、まるで誰も知らない製薬会社が実はセンチュリアの大帝国製薬だと国民が知ったとき、どんな反応を見せるかが、このコピーの最大の課題である。

しかし〝大帝国〟の現状は、これくらいのことをしないととても挽回できない。〝大帝国製薬〟はもうこの世から消えたのだと思わせるくらいのことしか、大帝国復活の策はないと、史郎は考えている。この考えを上田に見せると、

「山本、やりすぎかもしれないが、これで押してみるか。大帝国製薬は今や世界の敵だしな」

プレゼンテーションは一週間後にハッピネス通信の大会議室で行われた。コピーを整理してCMのプランも出し、新しい社名のマーケティングも提案した。大帝国製薬の長い歴史は、センチュリアに手を出したことによって終了した。なぜならこのプレゼンテーションは〝大帝国〟の社長、役員連中に大好評だったからだ。彼らもこれぐらいの大手術をしなければ、あとは倒産しかないとわかっていたからだ。

このプレゼンテーションの後に、またビール会社のプレゼンが入ってきた。ここしばらくアルコール類の仕事など全く入ってこなかったのだが、ビールの仕事が入ってきたということは、センチュリアによる全地球的な暗さが少しずつ薄らいできて、世の中に少しずつ陽が差してきているといえるのかなと史郎は思った。

家庭は相変わらずである。邦子の勇美に対する心配は、あと半年とはいえ少しも変わらない。センチュリアを打たれたことのある幼い子供をもった家庭なら、どの家庭でも当たり前だ。現実に数百人の幼児が、センチュリアが原因と思われる失明をしているのだ。

勇美は点字塾に通い始めて半年になった。目をつぶって点字を指すと、簡単な文章だけれど、文字として理解できるようになっていた。たとえば「むかしむかしあるところに……」

という童話が頭に入ってくるようになっていた。しかし勇美は未だに友達が誰もやっていないことを、なぜ自分だけがやらされているのかわからない様子だったし、何かを不安に感じている表情を時々見せていた。邦子がいくらなんとかしてごまかした説明をしても。

まるでセンチュリアが発明される前は、癌が闘病後五年経つと、一応治癒したと言われたように、センチュリアを打たれた者で、決して多い数とはいえないが、注射後六年を経て視力に異常がないと、失明の危機から解放されたといわれている。一割ほどの人しかいないけれど。勇美はもう五年以上、運良く視力にはなんの異常もない。しかしだからといって明日失明するかもしれないという恐怖からは、まだ解放されていない。

現に五年を過ぎてから、ある日、完全失明してしまった者がざらにいるのだから。センチュリア注射後、六年を経過しても失明しない者は、もう絶対に失明しないという理由も、医学的にはなんの解明もされていないのだけれど。あと半年、邦子も史郎も祈るようにカレンダーの日付を、一日一日消していった。

24

十一年後。

二〇四三年九月。東京オリンピックから二十三年の歳月が流れた。史郎はすでに五十一歳になっていた。中堅の広告代理店ハッピネス通信で、五十一歳で専務取締役まで昇進していた。あと五、六年すれば社長も夢ではない。これには彼の仕事で大きな成功があったからだが、その話はまた後で。

邦子は相変わらず専業主婦だが、この間に二人は、勇美より六歳下のゆかりという名の女の子を授かっていた。

さて、問題の勇美であるが、すでに二十歳。幸い中の幸いなことに、センチュリアを注射された中で失明していなかったわずか一割の中に入った。十二年後の今日も、センチュリアと失明の関係を医学的に解明した学者は世界にいなかった。

勇美が二十歳ということは、あの日本中、いや世界中をものすごい熱狂に包んだ狂おしいような二週間を全く記憶していない者がすでに成人していることを意味していた。

〝東京オリンピックなんて全然知らねえよ、えーっ？　一九六四年の東京オリンピックもあったって？　なんだそれ。古代ローマオリンピックの話を聞いているみたいだな〟

若者たちの、二〇二〇年東京オリンピックに対する感想はそんなものだ。いや、とっくに成人した中高年男女にとっても、

〝もちろん覚えているわよ、まだボケちゃいないわよ。だけど遠くなったわよねぇ、本当にあったことかしらなんて思っちゃう〟

というように、すでに幻化《まぼろしか》しようとしていた。

勇美は雅美大叔父の血を引いたせいか、勉強はやたらにでき、超一流高校を首席で卒業して、大叔父と同じ東都医科大学の医学部へ入学した。医学部は六年あるから、まだ二年生で医学部の専門生にもなっていないけれど、もう専攻は眼科と決めている。それは、自分の身に〝起こらなかった〟謎を解明したいし、また災難が身に降りかかった人々を少しでも助けたいという気持ちもあったからだ。

毎日学校に行っているのだが、水曜、金曜と週に二日、夕方、盲学校で教師のアルバイトをしている。勇美は邦子の〝幼児教育〟のお陰で、失明している人同様に点字が読める。言ってみれば、目が見えなかったかもしれなかった自分の、神様への奉仕だと思って、幼い子や大人たちにも年齢に関係なく点字教育をしている。それは将来、眼科医になったときにも大いに役立つだろうと、勇美は信じている。

妹のゆかりは十四歳。中学三年生。ごく普通の女の子だけど、人間に譬えれば八十歳くらいの超長生きをしている天ちゃんを自分の子のようにかわいがっている。猫だって歳を取れば白内障になる。だいぶ目が見えにくくなっているようだ。

邦子は、勇美が失明しなかった幸運もあったけど、史郎と同じ五十一歳、元気である。料理学校に通ったり、小さな頃から好きだった手芸にも夢中だ。史郎ともその年齢の割には、とても仲の良い夫婦である。

だが今はまた一つ心配が発生している。勇美の場合とは違うけれど、父親が食道癌を患っていて、母親一人では手が足りないので、実家に手伝いに通っている。父親は七十代半ばを過ぎている。医師からはあまり早い発見ではないと言われていて、手術を受けた後、入退院を繰り返していた。センチュリアのことが頭をかすめるが、つまり裏街道を歩いている医者を訪ねて、高額を包んでセンチュリアを打ってもらおうかという考えが時に浮かんでくるが、その年齢で失明したらさらに悲劇だと、そんな考えを懸命に打ち消す。

史郎の大出世の原因は意外にも、一度はとっくに諦めた隣国の自動車の日本への大量輸入である。事はこんなふうだった。

昔、若林—彼は一身上の都合で社を辞めたが—と一緒に大手のタクシー会社「大興タクシー」に行き、韓国の現時代自動車のセレナーデを大量にタクシーとして安く仕入れて使ったらどうかと説得しようとして、社長に怒鳴られて追い返されたことがあったが、世代交代で息子が社長になったら、セレナーデを大量に使うようになった。今まで使っていた日本の大手自動車会社とも相談して半々にすることになった。

というのも、セレナーデが意外と安く手に入ったので、日本の自動車会社にある程度の見返りを払えたからだ。大興タクシーといえば全国規模のタクシー会社だったから、今まで日本人がほとんど知らなかった車が日本中を走り出して驚かせた。

そのうち〝タクシーで、全然知らなかったいい車が走っているけど、あれは何？〟ということになり、セレナーデの名前が日本中に拡がった。現時代自動車側も気を良くして、特に昔、史郎と坂田役員と若林の三人で会いに行った朴常務が副社長になっていたから、都心にディーラーを再び作って、韓国車が日本で市民権を得ることに力を入れだした。タクシー会社以外の普通の市民がセレナーデを得ることに本気になった。

何十年か前には都心でのディーラー経営に失敗したけれど、もう時代が全然変わっていた。しかも朴氏は義理堅く、日本での宣伝業務をハッピネス通信に任せてくれた。史郎はそのときすでに取締役局長であったから、自由にチームが組めた。彼のお気に入りのメンバーを集めて、セレナーデを日本に売るためのプレゼンテーションをするために再びソウルに出かけた。

キャッチフレーズはこんなふうだった。

『皆様がご存じなかった、皆様のお給料で手が届く名車、セレナーデ、今、我が国へ上陸』

これが当たった。車のクオリティは日本の中級車に全然負けないのに、価格は二分の一だ。

知れば売れるわけだ。

ハッピネス通信は、というより史郎は、この仕事で百億円近い利益を社にもたらした。こんなやり方で中国車も日本に入ってくるようになり、〝汐留〟や〝田町〟にひと泡吹かせた。史郎はこうした仕事の積み重ねで、その年に専務に昇進したのだった。


二年後。

勇美は医学部なので、教養課程を二年終わって、今医学部の二年生、二十二歳。医学の基礎知識を叩き込まれている。どの科も大変なのだが、もう今から眼科の授業は特に熱を入れて聴いている。

家に帰ると、眼で気になることが一つある。それは天ちゃんのことだ。とにかく人間にすれば八十歳という長寿のせいで、眼がかなり白濁している。猫だってある意味で人間と同じ動物である。もちろん老化するのだが、人間と違って老化の速度が違う、おそらく五倍くらいは速いだろう。

特に幼いときは速く、オス猫なら一歳でもう立派な〝お兄さん〟となるし、メスなら妊娠能力をもってしまう。その後は老化速度はずっと鈍化するにしても、人間の老化速度の五倍はあるだろう。天ちゃんの眼の白濁は、要するに白内障である。ただ勇美は、医者になる人間だが、もう天ちゃんはいいかなと思っている。白内障のレーザー手術を獣医さんで受けさせることはできるけれども、長くてもあと半年か一年の寿命が、まあ猫の場合の常識である。
無理してそこまでやらなくても……と思った。邦子でも史郎でも勇美でもゆかりでも帰宅すると天ちゃんは大喜び。喉をゴロゴロいわせて膝の上に乗ってくる。勇美は天ちゃんの喉を撫でてやりながら、眼の白濁化を観察している。歩けなくなるようになるまでは悪化しないだろうと、勇美は思った。

邦子は訳あって午後二時ぐらいから夕食の支度を始める。三時から六時ぐらいまでは毎日、実家に母の手伝いに行っている体。特に父が退院しているときの父の介護は結構大変だ。痰が詰まったら背中を叩いたり、なるべく寝たきりにさせないで、少し歩かせたり、水分をできるだけ摂らせたりと、いろいろある。邦子の父の兄が発見した癌の特効薬が弟に使えないという、なんという皮肉。邦子はなんて神様は意地が悪いのだろうと思ってしまう。自分の家はプロテスタントの信者の家だというのに。

史郎は専務にまで〝出世〟したお陰で、社用車で帰宅する。若い頃には考えられなかったことだ。それに重役になってからは、いろいろと顧客の接待やら、自分が出入りの業者から接待されたりで夜が遅くなることも増えた。十二時を過ぎたときには、邦子は先に寝ることにしている。

その日は八時に帰ってきた。珍しく早いご帰宅だ。木曜日だった。季節は十月中秋。一年でいちばん気持ちの良い季節。

「たまには早く帰してもらわなきゃ身がもたないよ。ところでお父さんの様子はどうだい。今度の土曜には、俺も見舞いに行くから」と史郎が言うと、

「いいわよ、あなたは休みの日は、休んでいなさい。あなたが見舞いに行ったからって良くなるわけじゃない」と邦子。史郎はその邦子の言い方に、義父は相当悪いのだということが嫌でもわかる。

平日に久しぶりに、史郎、邦子、勇美、ゆかりと四人揃っての簡単な晩ご飯。ゆかりは、

「お父さん、今度の土曜は、あたしもお母さん手伝うから」と殊勝なことを言う。医者の卵の勇美は何も言わない。センチュリアを使うのも、一つの選択だと心の底では思うけど、口が裂けても、言ってはいけないことだ。

「お兄ちゃん、もう少しでお医者さんになるんだから、一緒にお見舞いに行きましょうよ。何かできることがあるかもしれないわよ」とゆかりが言うと、勇美は、

「兄ちゃんはまだ医者じゃない。学生だよ。下手なことしたら大変なことになる。お見舞い

に行くのはいいけど」と、勇美らしい模範解答をした。

史郎は、義父はもうそんなに長くないのではないかと思った。勇美と同じで、それならセンチュリアを打って回復できるなら、たとえ三年後に失明したとしても、バランスの問題だなと、勇美と同じように考えるけれど、やはりとても言えない。一家の食事は、明るく終わったとはお世辞にも言えなかった。天ちゃんは座布団の上で丸くなって寝ている。

勇美は大学の資料室から、残されていたセンチュリアの注射用アンプル五本ばかり持って帰って、自分の引き出しの中にしまって置いてある。それは大叔父があまりに苦しんだときに密かに使ってあげようと思って用意してあるのだが、実際に使用したことが明らかになれば、彼は退学という処分を受けることになるだろう。とにかく、全世界の医学界で使用禁止ということになったのだから。

勇美は心の中では、そんな厳しい禁止令ではなく、患者が八十歳を超えていたらセンチュリア使用を可としても良いのではないかと、心の底では思っている。七十代半ばにもなって癌死をとるか、数年後の完全失明をとるかなどということを考えること自体、憂鬱なことだったけれど。勇美はますます、自分の眼科専門医としての使命は、センチュリアと失明の因果関係を解明することだと誓っていた。勇美はまだ医師免許をもっていないただの医学生なのに、ある決意をしていた。それを実行してみようと……。

土曜日、気持ちのいい秋晴れの風が吹いている。邦子の忠告どおり、史郎は一日中、家で休み、午後から邦子と勇美とゆかりで、彼らにとっては父と祖父の見舞いに実家に行った。来週からは病院へまた帰る。医者は邦子の母にそれとない言い方で、

「また、お家に帰るのは難しいかもしれません」というような意味のことを、この前の退院のときに言っていた。

数しれない多くの癌患者の家族が、病院で医師から言われてきたセリフ。センチュリア禁止令以降、再びどこの病院でも言われるセリフになった。もちろん癌以外の病気でもそういうセリフが言われたこともあったかもしれないが、圧倒的に癌のイメージが強い。邦子は毎日のように父を見ていたから、そうも感じなかったけれど、勇美は久しぶりだったから、ぎょっとするほど祖父のやつれを感じた。ゆかりは祖父の変わりように涙を流した。

勇美は言った。

「ちょっと皆、席を外してもらっていいかな。俺、まだ医者じゃないけど、授業で習ったことをちょっとやってみたいんだ。これはね、ちょっときついけど、時に急に癌患者が食欲が出たりする一種の体操なんだ。おじいさんが痛がるところを皆に見せたくない。背中を少し絞り上げるから」

皆は勇美の秀才ぶりを知っているから、まさかのことはあるまいと信じて席を外した。勇

美は、ある意味で自分の医師生命をかけて、カバンから注射器を出してセンチュリアのアンプルの中身を吸い取り、祖父の腕に刺した。そして注射器やアンプルを片付けると、祖父の背中ではなく、自分で畳の上で腕立て伏せを、わざと大きな叫び声を出して十回ほどしてから、

「皆、終わったよ、入っていいよ」と大声で言った。いかにも疲れたといった姿をさらした。

祖母、邦子、妹が皆入ってきた。

「背中を相当きつく絞ったけど、おじいさん、案外と痛がらなかった。もう痛いと感じられないのかもしれないな」と、そんな言い方をした。

実は勇美は、センチュリアのアンプルを半分しか使わなかった。あんまり早く回復すると、病院で怪しまれるからだ。それでも二、三週間経てば、見違えるように回復するだろう。そのときの言い訳も考えておかねばならなかった。実は実家に置いてあった中国古来の漢方薬で未だに現在でも疲労回復用に使われている「補中益気湯」を、毎日、三回飲ませるように、祖母と母の邦子にきつく言った。

「これはね、馬鹿にしてはいけない。人によってはすごく効くこともあるんだ」し、勇美はきつい顔で言った。祖父が間違いなく奇跡的に回復することはわかっているのだから、医師がその奇跡を詳しく調べ出したときに、胃の中から補中益気湯が大量に残存していて、あ、

これだ！　漢方でもこんなことが起こるんだと思わせるためだ。センチュリアを注射した証拠は二、三日で消える。来週の再入院のときは、どう調べても跡形もないはずだ。


三人は夕食までに実家を去った。

史郎が食事を待っている。途中で、にぎり寿司の専門店で寿司折を買って帰った。

「おじいさん、あんまり痩せたので、あたし悲しくて涙が止まらなかった」

ゆかりはそんなことを言った。

「僕ね、医者の卵として言わせてもらえば、意外とやつれていないので少し安心した」と、勇美は祖父のやつれ方に驚いた自分の心に嘘をついた。

「病院にはさ、もっともっとひどい骨と皮になった人がいっぱいいるからね」と、邦子と史郎を安心させるように言ったけれど、勇美の本当の心配はこれからだ。センチュリアを打った人の九割が失明してきたということは、もし回復した祖父が、外見上、どんなに元気になろうとも、何年後かに突然失明すれば、当然センチュリアを打たれたことが確実にばれるのだ。しかも一家には、その頃には本当の医者になっている勇美がいるのだから。彼が疑われるのは間違いない。

勇美は思った。勝負はすべて、それまでに祖父がほかの病気で死なない限り、せいぜいここ四年だ。つまり祖父が自分と同じようにセンチュリアを打って癌が治り、その上失明を免れる幸福な一割の患者になれるかどうか。祖父は四年後には八十歳に手が届こうという高齢だ。もし祖父が自分のように失明しなかった一割に入ったとすれば……その原因の解明が勇美の一生を決める仕事なのだから。若い患者はセンチュリア注射後、六年といわれていたが、七十歳過ぎた老人ともなると四年でまず失明する心配はなくなる。

くどいようだが、祖父が何年後かに特別の眼病を患ってなかったのに突然失明したら、勇美は全世界で禁止されているセンチュリアを打って、祖父を失明させようとした犯罪者となって医師免許の取り消しはおろか、刑務所で人生を送る身になってしまうかもしれないのだ。

次の土曜日、今度は史郎も一緒に、また家族で邦子の父の見舞いに行くことになった。というのも、邦子の、史郎や勇美への報告によれば、

「おとうさんね、何か急に顔色が良くなって、お腹が空いた空いたって何回も言うのよ。急に普通のご飯も無理だから、母がおかゆを食べさせると、お代わりをくれなんて言うのよ。それに喉を痛がっていたのに、何か痛みが感じられなくなったんですって」というような良い報告だ。

勇美は「補中益気湯がピタリと当たったな、あれは時々大当たりするんだよ」と説明。皆で邦子の父の回復の様子を見に行くことになったのだ。それにしてもわずか一週間。勇美以外は皆驚いた。実家に着くと、邦子の目に涙が溜まっている。

「一週間でずいぶん良くなったの、信じられないみたい。まるで義兄さんが発明したセンチュリアの効果みたいだわ。漢方も当たるとすごいわね」

祖母の和子はうれし涙を流していた。勇美はそれを受けて、

「お母さん、あんまり喜ばないで。まだ何もわからないから。漢方は急に力が落ちることもあるからね。坂道みたいに上がったり下がったりするんだ。忘れないように必ず毎日、三回飲ませ続けてね」と言ったが、祖母の口からセンチュリアの名が出てきたときは、鼓動が高鳴った。勇美は祖父の床の側に座り、もっぱら祖父の眼を見ていた。

史郎も義父の様子を見て驚いた。彼はしばらく義父に会っていなかったから、そんなすごい回復を見せているようには見えなかったけれど、いちばん驚いたのはゆかり。祖父の寝ている隣の部屋で小声で、

「あれ、おじいさん、先週よりずいぶん元気なったみたい。大丈夫ね、この様子じゃ」と、ニコニコしていた。

勇美はもう一度、

「まだまだ安心できないよ。来週からしばらく入院だろ。俺の大学病院じゃないから勝手に漢方薬を飲ませるわけにはいかないから仕方ないけど、邦子、お見舞いに行ったときは、隙があったら看護師さんの目を盗んで補中益気湯、飲ませちゃってよ」と言う。

「先生に許可とってちゃんと飲ませたらどうかしら」

邦子がごく当たり前のことを言うと、

「ダメダメ、反漢方の先生ってまだ結構いるから、そんな勝手なことを言う患者さんには退院してもらいます、なんてことになるよ、きっと」と、邦子を脅した。

少なくとも勇美の補中益気湯で癌が治った人なんて勇美自身も聞いたことがなかった。これは驚きのハプニングだと、先生たちに思わせるしかない。先生たちが胃を調べてみて初めて、患者の回復の原因は、家庭で飲んでいた漢方だったと思わせなければならないのだ。とにかく勇美から見ても史郎から見ても、祖父（義父）ははっきり回復していた。

次の週末、病院から電話が来て、先生から家族に話があるというので、邦子が代表して先生に会いに行くことになった。医師は入院室ではなく、自分の研究室のような部屋で、

「お父様は私たち医者が信じられないほど、良くなられました。まるで昔あったセンチュリアを注射された患者さんたちみたいに。まさかご家族がセンチュリアを注射されるわけがないから、何か特別な薬でも飲まされましたか？　私たちの従来の治療は、お父様には全く効

かなかったのに」

担当医がそう言うので、邦子は仕方なく、「昔から実家に置かれていた補中益気湯という漢方薬を、先生にご相談もしないで飲ませてしまいました。申し訳ありません」と、邦子は謝りながら答えた、

「いやいや、私の勉強不足でした。もっと漢方を勉強しとくのでした。とにかく中国何千年の知恵が作り出したものですから。いやあ驚きました。ご正解、ご正解。さあお父様にお会いください。入院する前よりずっとお元気になられました。明日、退院していただきます。もう病院にいる意味はありません。病はどこかへ飛んで行ってしまいました。おめでとうございます」

医師は驚きの表情と恐縮の表情を交えて、邦子にペコペコ頭を下げた。邦子が医師と一緒に父の入院している部屋に行くと、父はこれ以上ないという幸せそうな笑顔で、

「邦子、もうすっかり元気だ。また数学教師の現場に戻りたいほどだ」と上機嫌だった。

明くる日は日曜だった。邦子の実家では父の退院祝いをすることになった。史郎の、つまり山本家の両親も、邦子の母の弟、精神科医師の中里広二もやって来て、父を囲んでの快気祝いとなった。邦子の父は退院したばかりというのに、好きな酒も少しばかり飲み、ゆかりが祖父に花束を渡して大騒ぎとなったが、勇美だけは喜んでいる様子には見えなかった。彼

は、祖父の失明の心配で心が閉ざされていたのだ。

25

史郎と邦子も、我が子勇美の様子に少し気になるものを感じていた。まず第一に、勇美が初めて邦子の父、つまり祖父の見舞いに行ってから、急に父は元気になり始めた。死を待っているだけと思えるほどに衰弱していた彼。重湯さえも飲み込めなかった彼。それがまるでセンチュリアを打たれたあの頃の癌患者のように急速に元気に、わずか二週間ですっかり元の健康体に戻ってしまった。

しかし邦子と史郎の考えでは、まさか未だ医学生にすぎない彼がセンチュリアを打つはずがない。第一、そんな機会もなかったではないか。二人には、あの〝おじいさんに食欲を出すために背中を絞るから、皆、隣の部屋に行って！　おじいさんが痛がるところを見せたくないから〟という行動をとったことは覚えていても、勇美があのとき、センチュリアを打ったとはとても思えなかった。

もうひとつ、死にかけている父の部屋に忍び込んでいって、全世界的に禁止されているセンチュリアを打っていたとして、それが発覚したとき、医師の資格を捨てる覚悟があった理由が、二人には理解できなかった。もしその覚悟があったとしたら、おそらく勇美自信がセンチュリアを打たれたにもかかわらず失明しなかった理由を徹底的に解明するために父を実験台にしたと考えるほかは、どんな理由も考えられなかった。

そして二人の考えは少しずれているが、ほとんど当たっていたのだ。

勇美は祖父が苦しみ抜いているのを助けるために、あのときにセンチュリアを打ったのではなく、祖父が失明するかしないかを追尾するために祖父を実験台にしたのだ、自分の〝幸運〟の解明のために。言ってみれば、医師免許なんか捨てても悪魔のゲームを自分のために解き明かそうとしたのだ。

両親の考えと違って、勇美には、祖父を癌の苦しみから救うためにセンチュリアを打ったという孫らしい気持ちもあったし、たとえ四年後に完全失明したとしても、祖父は八十四歳。ほとんど一生涯を晴眼者として生きたのだから、それでもいいではないか、と考えた側面もあった。しかし本心は、史郎や邦子が推理したように、自分自身の幸運の医学的解明にあったのだ、祖父という格好な実験材料を手に入れて。

勇美はさて……と冷静になって次の作戦を考えた。

『いったい何が自分を失明から救ったのだ、いや自分だけでなく、センチュリアを打たれた患者の一割、といっても、何万人の人々の失明を何が救ったのだ』

その解明の本格的な研究に、まだ医師資格を取る二年前にもかかわらず、没入した。まるで雅美博士が二十年研究室からほとんど出てこなかったみたいに。祖父が退院した日から、自宅の二階にある自分の部屋に、通学と食事のとき以外閉じこもり、小さな洗面器のようなものに水を張って何かゴソゴソやっていた。史郎にも邦子にも何をしているのかさっぱりわからないが、時々階下に降りてきて、天ちゃんを抱いて連れていく。ゆかりは、

「お兄ちゃん、大丈夫？　頭がおかしくなったんじゃないの。天ちゃんが危ないわ。洗面器の中に顔を沈められて殺されるんじゃないの」と、半分冗談ふうに、半分は真剣に兄を心配していた。天ちゃんは階下に降りてくると、いつも食べていたキャットフードに興味を示さなくなり、というより勇美の部屋で何か貰っているようで、いつもお腹がいっぱいの様子だ。

ゆかりはこれも心配して、

「お兄ちゃん、大学から実験用のマウスを盗んできて、実験に失敗して死なせてしまうと、天ちゃんに食べさせているんじゃないの。だから天ちゃんはお腹いっぱいなんだよ」と気持ち悪いことを言って、史郎と邦子を震え上がらせる。

だけど勇美が学校に行っている間に邦子が、きつく閉めている勇美の部屋をこじ開けると、勇美の机の周りには、マウスなんて気持ちの悪いものは一匹もおらず、人参やブロッコリー、

キウイ、アボカド、ほうれん草の切れっ端があり、まるで料理の修業をしているようだ。おまけにもずくまでコップの中に入れられている。

〝あら、あたしの好きな野菜ばっかり。もずくも好きだし。何か家族に美味しいものでも作って食べさせようとしているのかな、おもしろい子、医者を辞めて板前にでもなるつもりかしら〟

邦子は心の中で、そんなことを呟いた。勇美の部屋を開けたことがわからないように、きっちりと元どおりに固く閉めると、ひと安心して階下に下りた。なにしろマウスが何十匹も走り回っている姿を想像して、恐る恐る覗いたのだから。

史郎が帰宅したので、そのことを伝えると、

「へぇー、勇美って変な奴だな、今頃になって急に料理人になると心変わりしたのか。それとも授業で、頭を良くする野菜の効能でも聞いて、秘密で頭を良くするトレーニングでもしているのかな」と笑いながら話している。

勇美もゆかりもまだ帰宅していない。二人はこの話は秘密にすることにしていたが、この野菜たちは邦子が大好きで、毎日のように食事に何らかのかたちで出しているものだ。サラダにしたりみそ汁に使ったり。

勇美は食事のときには、両親にもゆかりにも、部屋の中でしていることはひと言も言わな

い。天ちゃんを膝の上に乗せて、もっぱら学校であったくだらない話をして、食事が終わるとパッと二階に上がってしまう。

そして時々、何か精密秤のようなものや、小さなミキサーみたいなものを買ってくる。買ってくるといえば格好いいが、研究室から失敬してきているのではないかと邦子は心配になる。

ゆかりが、勇美が出かけている休日の昼食時に、突然こんなことを言った。

「あたしね、この間ネットを見たらさ、ちょっと驚いたけど、この前母さんが言っていたお兄ちゃんの部屋にあった野菜ってね、全部目にいいものなんだってことがわかった。人参とかブロッコリーとか、アボカドとかほうれん草とかキウイとかブルーベリーとかね、みんな目にいい野菜なんだよ。ビタミンAとかC、何か難しくよくわからなかったけど、抗酸化作用とかビタミンEとかルテインとか。ルテインって聞いたことないけど、網膜を光から守るものらしいね。だからお兄ちゃん、お料理の研究しているんじゃなくて、何か眼に良い薬でも開発しようとしてるんじゃないの、たぶん」

史郎も邦子も納得した。史郎曰く、

「そりゃゆかり、でかした。どうも変だと思ったら、やっぱり勇美のやつ、自分の眼がどうして守られたのかなって、自分で納得しようとしてるんだよ。やっぱり医者になろうとしているやつは違うな」

邦子は、

「私ね、今のゆかりの話聞いて、少しわかってきたことがある。その野菜というか果物というか、全部あたしの大好きなものなの。勇美が二歳ぐらいのときから今日まで二十年間、毎日食べさせ続けてきたのよ、何も考えないで。ただあたしが好きだからっていう理由で。でも、そのことがセンチュリアを打たれた人の眼に襲いかかるバクテリアだか何だか知らないけど、そんな悪魔みたいなものから勇美の眼を守ったんだと思うわ。これ、たぶん間違いない」

史郎も、その話には説得力を感じた。

「勇美が自分の部屋に閉じこもってしていることは、もうはっきりした。勇美が、俺たちが知らない間にお義父さんにセンチュリアを打ってしまって、そのせいでお義父さんが失明しないように必死で何か薬みたいなものを作ろうとしていることは間違いないな。もちろん、自分がなぜ失明しなかったかの秘密を解明しようとしていることも含めてな。だってもし、そんな薬が開発できたとしたら、センチュリアは今度は失明の心配なんかしないで、自由に使えるようになって、雅美叔父の不名誉も挽回できるしな。またまたというか、もっと大変な大発明ということになるかもしれないぞ」

邦子も史郎もゆかりも、夢を見ている心地だった。なんでもないどこのスーパーでも売っているごく普通の野菜から、そんな薬が発見できたら、また世界中が沸き返ってしまう。

ゆかりが言う。

「それにあたしね、この頃、変だと思ってるんだけど、天ちゃんの眼ね、齢だからしょうがないけど、白内障か何かで相当白かったじゃない。だけどお兄さんの部屋で何かもらうようになってから、少し白さが薄くなったと思うのよ。前よりずっと歩き良さそうだもの」

そういえばそうだと、邦子も史郎も思った。

26

二年後、二〇四六年。勇美はめでたく東都医科大学医学部を立派な成績で卒業し、国家試験にも合格し、国家公認の医師となった。

卒業論文のテーマは、「幾つかの野菜の成分分析からの網膜保護の可能性について」という穏やかなタイトルだが、大きな成果を秘めた論文で、各教授たちから絶賛を浴びた。ただしまだ、具体的な成果があったわけではない。あくまで、まだ可能性だった。

勇美は祖父の家に、自分で各野菜を分析中に作った独自の野菜スープを大きな瓶に詰めて、祖父に毎日飲ませるようにと、邦子に持たせた。祖父はもうこのスープを一年以上、毎朝毎夕飲んでいたせいか、その時点ではまだ視力の異常はなかった。しかし祖父は、勇美が正式な医師になって三か月を過ぎた辺りから、時々眼の異常を祖母に訴えるようになっていた。

「どうもこの頃、目がかすむようになってきた。歳だから仕方がないけど。それにね、昼間でも何か暗く感じるんだよな」

　祖母和子は祖父を慰めるように、

「あたしだってもうすぐ八十歳ですから、そんなことはありますよ。あなたはもう八十になったでしょ。あんな大きな病気もしたんだし、そんな心配することじゃないですよ」と言っていた。

　祖母はもちろん、勇美がセンチュリアを打ったことなんか夢にも知らない。史郎だって邦子だって、そのことは推測の域を超えていない。見たわけではないのだから。

だけどしょっちゅう実家に通っている邦子には、父の訴えることは深刻に感じられた。やっぱりセンチュリアのせいかしらと。ただ十年以上前に起こっていたセンチュリアによる眼病は、いきなりの完全失明で、祖父の訴えはそこまで強烈なものには思えなかった。邦子は勝手に、昔なら父も即、完全失明となったかもしれなかったけれど、勇美の飲ませるスープの力で、そこまでの状態になるのを抑え込んでいるのでないかと。

帰宅すると、邦子は迷ったけれど、このことは勇美に言った方が良いと思った。何かが一つ足りないのかもしれない。

たまたま二、三日後、学校を休んで昼間、勇美が家にいたので、昼食時に邦子は思いきって、

「勇美ね、おじいさん、ちょっと目が見えにくいらしいのよ。目がかすむとかちょっと暗いとか言うの。お母さんもあたしもね、歳のせいと、前の大病のせいだから仕方ないって思ってるんだけど。昔の、いきなり完全失明なんていうのとは違うんだけどね」と、少し遠慮がちな言い方だった。

勇美は少し顔を青くして何か考え込んでいた。

「うーん、そうなんだ。今日俺、おじいさんのところへ行ってくる。心配ないと思うけど」と、少し自信なさそうだった。

勇美が実家で祖父を見ると、祖父は暗い表情で、

「スープありがとう。なかなか美味い」と言った。勇美がストレートに眼の様子を尋ねると、表情はさらに暗くなって、

「うん……。この頃また少し暗くなっているような気がするんだ。うん、大丈夫とは思うけど。どうせ歳のせいだ。若い者はいいな」と強がりを言ってみせる。勇美は祖父の眼を真正

面から睨むように強く見た。

ゆかりが通っていたのはごく普通の高校だったけど、ここ二年ばかり、理科系の科目に少し力を入れて勉強して、東方理科大学に入学した。ゆかりは両親には、

「あたしね、おじいさんみたいに高校の数学の先生になりたい。数学なら教えられると思うわ」と、ここ一年ばかり、そんな希望を話すようになっていた。史郎は純粋な文科系人間だったけど、佐々木の血を引く者は、数学教師だった祖父といい、雅美叔父といい理系で、そういえば邦子も数学だけは好きだったなんて言ってたと思い出した。ゆかりもそんな血を引いてるんだな……と史郎はつくづく血というものは怖いなと思った。自分は山本家の人間だから、そうした血とは無縁だったけれど。

史郎は五十六歳になった。あと十年……史郎は思う。運良く広告代理店で専務にまでなり、今もっていろいろ大きな仕事が入ってくる。現場は若い人に任せて、自分は顧客の幹部との交渉がもっぱらの仕事だが、簡単なものではない。

二十一世紀も半ばになり、自動運転車が当たり前の時代だ。人間が車を運転していた頃とは世の中がまるで違う。携帯もパソコンも、彼が一社員で働いていた頃の不便で見にくくて遅いデジタル機器とは似ても似つかない便利な機器となっている。しかし人間同士のコミュ

ニケーションは、相変わらずアナログだ。極端に言えば、子供の頃のすべてがアナログだった時代を懐かしむ気持ちもある。

社用車に乗って顧客に挨拶に行くにしても、運転手と世間話をしながら行った昔が懐かしい。ロボットはただ正確に運転するだけで、心は全くない。史郎は毎日そうして顧客回りをして、アナログ的、人間的な注文を受けて、それを若い社員に伝えて、また自動運転車で帰宅する毎日だ。


勇美の祖父は、目が気になると言い出して数か月、全く見えないことはないが、なんとかボヤッと景色や人の顔が見える程度というところまで悪化していた。しかし、センチュリアの注射がされていた頃のように、ある日瞬間的に完全失明するというような急激な恐ろしいものではなかったから、医師たちも勇美が祖父にセンチュリアを打ったとは誰も思っていない。

勇美は相変わらず、帰宅するとすぐ自室に入ってゴソゴソ何やら研究らしきことをしている。

突然勇美が、バタバタと大きな音を立てて階段を降りてくる。

「母さん、わかった、わかった、ついにできたぞ、ついにできた！」

邦子はびっくりした。

「何ができたっていうの、大きな声出すんじゃないわよ」

「あー、俺、こんな簡単なことに気がつかなかった。天ちゃん、どこ、天ちゃん」

天ちゃんはついに人間にたとえれば九十五歳くらいの歳になっていた。だけど、まだ元気なときには走り回っている。白濁した眼も、勇美が与える食事のお陰でだいぶ白さが薄れていた。

ロンドンには三十歳（人間にたとえれば百五十歳くらい）の猫がいるそうだから、眼を治したら元気になってまだまだ生きるかもしれない。もう完全な家族の一員だ。勇美は今、発見したとかいうスープを天ちゃんに飲ませるつもりらしい。部屋の隅っこにある椅子の上で寝ていた天ちゃんを抱くと、勇美はまたバタバタと二階に上がった。あまりにうれしいらしく、天ちゃんに向かって盛んに話しかけている。

「もうお前の眼は完全に治るからね。若い頃の眼に戻してやる。俺、落とし穴に落ちていた。こんな簡単なことに気がつかなかったなんて」

天ちゃんも話しかけられてうれしいらしく、ゴロゴロ言っている。邦子もあんまり勇美が騒ぐので、普段は行かない二階に行ってみた。

「母さん、眼にいいと言われている五つの野菜をいろいろ工夫してビタミンを強化したり、抗活性酸素を強化したり、ほかのいろいろな良性のバクテリアを入れたりして組み合わせてみたんだ。ある程度、人間の網膜を守る薬というかスープはできたんだけど、決定的なものじゃなかったんだ。今までのよりはパワーはあるけど、ハイパワーとは言えなかったんだ。それはね、あのセンチュリアを入れなかったからなんだ。俺ね、そんなことはとんでもなく危険で論外だと思っていた。あの雅美大叔父が発見したセンチュリアっていうかキャンサー・イーター・ニッポニアって、人間の体内に入ったら、あっという間に癌細胞を食い尽くしたのはいいけど、その癌細胞を栄養にして体内で四年ぐらいも生き延びて、今度は腹が減ると、人間の視神経を食べ出して、健康を取り戻した人を完全失明に追い込んでいただろ。それはもう皆知っていたのに、ただただ手をこまねいて見ているほかなかったんだ。だけど俺がわかったのは、あの野菜たちのビタミンや何かのパワーも借りて、もう一回センチュリアを体の中に入れてやれば、ビールス同士が大喧嘩して、視神経を食い尽くす前に彼ら同士で食い尽くしてしまうというわけさ。これはマウスの、一か月前から家でやっている実験で百パーセント成功しているから、もう間違いない。俺が失明しなかったのは、母さんが俺に毎日食べさせたあの野菜たちのパワーのお陰だけど、それだけで失明しなかった俺はすごく運が良かったんだよね。俺やほかの、あの一割の人々も。センチュリアをもう一回なんて、さっきも言ったけど、怖くて考えられなかったけどまず大丈夫。天ちゃんは別にセンチュリアを打たれたわけではないけれど、このスープを飲ませれば白内障はイチコロだ」

勇美はよっぽど興奮しているのか、しゃべりっぱなしだ。邦子も、勇美の言っていること はよく理解できた。そんな難しいことを言っているわけではなくて、アイデアを言っている だけだから。

天ちゃんは二人の横で、美味しそうにその新しいスープを飲んでいた。


勇美は早速、祖父の家に行って、センチュリアのアンプルから取り出した液入りのスープ を祖父に飲ませた。そのわずか五日後に、祖父から電話で、すっかり眼が良くなったとの報 せだ。やっぱりねと、勇美は自信満々だ。

といっても、いちど完全失明してしまった、全世界で百万人を超える人々の視力を助けて あげることはできない。それはもうビールス同士の喧嘩とはなんの関係もない。網膜細胞の 完全な死を意味しているのだ。おそらく将来何百年にわたっても、医学の力で、あの悪魔ど もの悪行を覆すことは不可能である。

彼らに光を戻すためには、あとはただ祈るしかないのだ、日々が逆転することを。

雅美博士の自殺原因の秘密は、この辺りにあるのだろうと勇美は信じている。遺書は依然 として発見されていないが。もちろん、書かれたかどうかすらわかっていない。

勇美の祖父が、予想外にあっさりと回復したということは、まだ二十四歳、医師免許を取ったばかりの勇美が、野菜プラスセンチュリアの追加接種で失明を防ぐ方法を発見したのは、もう間違いのないことだった。またまた世紀の大発見だが、勇美はしばらく、家族以外の誰にもこのことは話さなかった。

というのは、まだ何が起こるかわからないからである。いちど良くなったと思える祖父も、突然完全失明なんてことになったら、苦労してまたわざわざ悪魔の薬を作ったことになるかもしれない。まだ当分、自分の周囲で癌に苦しんでいる人を対象に、実験を重ねなければならない。しかし自分が通っている大学病院で、まさかそんなこともできない。勝手に癌患者にセンチュリアなんて打ったら、即クビ、医師免許も取り消しだ。犯罪者扱いである。

猫、天ちゃんの協力まで仰いでなんとか辿り着いた勇美式治療法、祖父の癌も眼も完治したけれど、発表する場というか、試してみる場がない。坂田元役員や式名元財務大臣やサラドレルや片山元局長、この人たちを訪ねても、もう彼らは治せない。両肺の癌をセンチュリアで治して米中関係を立て直したアメリカの元大統領は、彼が失明したという話は聞いたことがないから運良く失明しなかった一割のほうに入ったらしい。

何かの新聞のコラムに彼が、人参、アボカド、ブロッコリー、キウイ、ほうれん草が大好きで、子供の頃から毎日食べていたのが、七十五歳を超えても激務をこなせた理由らしいなどと、主婦向けの料理コラムのような欄に記事が載っていたが、勇美はこの記事を読んで、こんな偉い人と同じ理由で自分も失明を免れたんだなと、改めて母に感謝した。

さて、しかしと、勇美は考えた。自分が改良を重ねて作り出したセンチュリア入りの野菜の力を利用した抗活性酸素スープのパワーを、どこでどう証明したらいいものか。

勇美は、これを国内で証明するのは無理だと考えた。国内ではもうセンチュリア禁止の法律ができてしまっているし、否、全世界でも、禁止されてはいるのだが、海外の医学または科学専門誌に論文を投稿したらどうだろうかと。少なくとも日本の大学医学部の紀要などに投稿すれば、やぶ蛇になって警察にインチキ医師として取り調べられかねない。

27

勇美は一か月あまりかけて、英語で、なぜその五種類の野菜というか果物を選んだのか、それらがもっている化学組成の成り立ち、パワーの分析結果を詳しく書いた。そしてそれらのパワーから作り上げたスープの細かな構造解析。そのパワースープにセンチュリアを入れたことで起こる、センチュリアを打たれた癌患者の体内に残存して失明を起こすビールスと新しく入れられたビールスとの拮抗によって生じる、双方のビールスの消滅のシステム。これによって起こる失明の忌避。

これらのことをこれ以上に細かく調べることができないレベルまで分析し尽くして、英語論文にまとめ上げ、少しお金をかけて専門の英語論文を正しい英語にしてくれる、その方面の専門家に正確な英語にしてもらった。

勇美は、この論文を世界的に有名な英国の化学専門誌『ナチュラル』*に投稿した。（*仮名）

それから一か月。突然『ナチュラル』から東都医科大学医学部宛に、論文の評価が送られてきた。勇美の名前ももちろん載せられていた。

簡単にいえば激賞であった。『ナチュラル』編集部とロンドンにある某医科大学の癌細胞研究医の両者の名前で、

『これは極めて明快な論理である一方、今まで誰も気づかなかった、センチュリア使用の復活案である。なるほどと感動せざるをえなかった。早速、ドクター山本勇美に当方の大学研究室に来ていただいて、共同研究と、臨床の効果確認をしたい。ただ今、センチュリアの使用許可を当局に申請中である』

などと書かれている。

医学部長から早速、勇美に学部長室に来るようにとの連絡があった。まず第一にあったのは、厳しい叱責であった。

「おい山本君、君、いつこんな論文を勝手に『ナチュラル』に送ったんだ。いったい我が大学の誰の責任で。それに君は君のおじいさんに勝手に法律を無視してセンチュリアを打ったらしいが、これも甚だしい法律違反だし、それにセンチュリアのアンプルはどこから手に入れたものなのだ。いくら君が佐々木雅美博士が大叔父という関係にあるとしてもだ。まさか大学の資料室から秘密で盗み出したものではないだろうな。まず私のこの質問に答えてほしい」

学部長の表情は極めて厳しいものだった。勇美は病院勤務のクビと医師免許の剝奪を覚悟しながら、学部長に対してしどろもどろとなって答えた。祖父の苦しみを見ていられなかったこと、確かに資料室からセンチュリアのサンプルを持ち出して、祖父の静脈に打ったことなどを正直に答えた。

ただ、そのことによって起こると予想された祖父の失明をなんとか防ぎたかったこと、それから自分が幼少時、小児腎臓癌を患い、センチュリアで救われたにもかかわらず、失明しなかったことを解明したかったことなどを、頭を下げながら誠意を込めて話した。

学部長は苦り切った表情で、勇美の弁解というか説明を聞いていた。第二の爆弾を覚悟して、勇美は身構えていた。

「ロンドン行きの費用を、君の給料とともに振り込んだ。交通費と宿泊費二週間分、足りなかったら自分で補ってくれ。帰ってよし」

実に意外な言葉であった。勇美は学部長に認められたのを感じざるをえなかった。つまり論文の内容を。

史郎も邦子も、まだ子供と思っていた息子の突然のロンドン出張に驚いた。商社なら普通にあることだが、ロンドンの医科大学での臨床試験に、論文が認められての出張だというのだから驚くのは当たり前だ。しかも東都医科大学の学部長のお墨付きだという。

「とんでもない失敗をしてくるなよ。金が足りなければ送ってやるから、遠慮しないで言ってきてくれ」

史郎は息子の〝出世〟に気が大きくなって、そんな言い方をした。邦子は、

「あたしはなんだかわからないけど、まあ頑張ってきてね」と、それだけ言い、ゆかりは、

「お兄ちゃんの次はあたしよ。数学で世界的な大発見、なんちゃって」と、おちゃらけていた。

二週間の予定が一か月かかった。臨床試験は大変だったが、数十人の癌患者にセンチュリアを打って五～六日後に癌が消滅してから、勇美のセンチュリア入り『抗活性酸素スープ』を飲ませた。それからレントゲン、ＣＴ、ＭＲＩ検査などで、わずか三日ほどで、体内からセンチュリアのビールスと新しく入れられたビールスの双方が完全に消失していることが証明された。

それでもロンドンの大学スタッフも勇美も、その後十五～十六日は様子を見た。まだ何が起こるかわからない。九九％大丈夫と思っても。十五日後、ロンドン側の医学部長から、勇美は初めて握手された。「おめでとう」のひと言とともに。スタッフにはもみくちゃにされた。その夜は皆でワインで乾杯した。ロンドン側のマスコミも多数詰めかけていた。フラッシュが眩しいほど焚かれ、テレビカメラに追いかけ回された。

勇美が帰国した日、新聞にはまたまた一面三段抜きの見出しで、

『センチュリア復権』

『センチュリア後の失明の恐れ消滅』

『若き天才医師のアイデア爆発』

などの派手な表現で、勇美の功績が褒めちぎられていた。それはそうだ。これで人類は、初めて完全な癌特効薬を手に入れたのだから。またまた日本から。しかもセンチュリアの発見者佐々木雅美博士のごく親しい親戚から。

勇美は連日、新聞社、テレビ局に引っ張り回されて大変な忙しさ。雅美大叔父が経験したことそのままだ。海外からの特派員も大勢来ていて、もう勇美自身、何がなんだかわからない。新聞には、来年のノーベル医学・生理学賞は山本勇美で決まりかなどと書かれている。二十四歳でノーベル賞なんて、いるかもしれないけど聞いたこともない。

まあ確かに一所懸命に勉強はしたけど、センチュリアの二度使いというのは一種の思いつきに過ぎない。祖父を救いたいあまりに考えたことだ。勇美は照れ臭いような困った気分だ。これでもうセンチュリアをいくら打っても絶対に失明者が出ないなら、今の今まで眼科専攻と決めていたけど、自分はわりと手が器用だから、外科にでも専攻希望を変えるかなと思ったりする。

史郎も邦子も息子が大変な騒ぎに巻き込まれているけれど、何か実感がない。これって本当にあいつがやったことなのか……といった感じだ。特に邦子には、叔父と息子の二人で、全人類の癌退治をしたなんて、言い方は悪いけど笑ってしまうという気持ち。確かに息子は、子供の頃から勉強はよくできて、お陰で一流医大にも合格したけれど、そんなことより、玩具を自分で作ったり、ゲームソフトの開発に夢中になったり、いってみれば子供心が抜けないというか。そんな延長が今度の大仕事につながったんだろうと思ったりした。

史郎は、文系中の文系の広告代理店のサラリーマンとして一生送っている男で、運良く重役にはなったにせよ、自分の息子が理系のことで世界的な仕事をするなんて、何かのトリックなんじゃないかとさえ疑ったりする。雅美叔父のときは、結婚した妻の家にはとんでもない男がいるんだぐらいで済んだのだが……。


それから三か月、また勇美の祖父に異変が起こった。これは勇美のこととは全く関係なく、したがって勇美式失明防止策とは無関係なのだが、なにしろ高齢なのだから仕方がない。脳血管が詰まって梗塞を起こし、重体に陥ってしまった。

勇美は最初、これはセンチュリア二回打ちの副作用かと青くなったし、勇美だけでなく医学界全体が注目したが——というのもなにしろ勇美の祖父はセンチュリア二回打ちの世界で最初の成功患者だったのだから。ただ専門家たちが細かく調べてみると、医学的にはそれとは全く関係なく、ある意味では歳を取れば誰でもが経験しておかしくない、ごく、、、、、、普通の脳梗塞というやつだった。

勇美の治療法が医学界に認められ、またまたセンチュリアのお陰で倒産しかかった大帝国製薬が昔の名前で出てきて、勇美のセンチュリア入りスープを薬として商品化してまだひと月も経っていなかった。つまりセンチュリア入り抗活性酸素野菜スープを、癌患者で飲んだ人はまだほとんどいなかったから、〝副作用〟か！　と心配するのも無理からぬことだったが、考えすぎのようだった。そして東都医大病院脳外科の懸命な治療にもかかわらず、勇美の祖父光緒は発作から四日後にあの世へと旅立っていった。

光緒は、無名の高校の数学教師として一生を送った人だったから、勇美や雅美博士のこともあったのだけれど、とにかく親族だけで密葬として葬儀することとした。それでも光緒の周りでここ十年、起こったことが起こったことであったから、記者たちや教え子たちがいろいろ聞きつけて、結構大きな葬式になってしまった。佐々木家は代々プロテスタントの信者の家系だったので、葬儀は雅美博士のときと同じ、都心の教会で執り行われた。

邦子にとっては父であるから悲しいのは当たり前だし、母和子はまだ元気だから号泣したが、涙はこの二人だけで大学生のゆかりも、祖父は存在が遠かったせいか、涙が出るほどの悲しみはないようだった。勇美も祖父の晩年には、ずいぶん医師として面倒を見たし、彼の大発見も、祖父がいなければありえなかったことであったのに、意外と悲しさが湧いてこなかった。つまり祖父は彼にとっての冷静な研究対象だったのだ。史郎は号泣する邦子の側にいて、彼女を力づけるのが仕事だった。

東都医大やハッピネス通信からの大きな花輪が飾られていた。死者の魂を送る賛美歌が歌われ、彼の魂は天上へ送られた。

そして焼き場から骨とされて帰ってきて、骨壺に納められた。仏式の葬儀と同じ手順だ。

しかしこの葬儀はここからが違った。また事件が起こったのだ。家族や医大関係者が長い間待ち望んでいたものが、思いもかけない所から出てきたのだ。教会内の佐々木家の墓地から。どうしてこんなものがこんな所から……という感じで。警察の協力まで仰いで、あれほど捜したものが。

28

都心の教会は広くはないので、墓地というようなものはなかったが、その代わり、地下に、信者たちの骨を納める骨室とでも呼べばいいのか、壁際にぎっしりと信者の家ごとに小さなロッカーのようなものが並んでいた。

佐々木家も代々の名前ごとに本当に小さなロッカーが並んでいて、すでに雅美と刻印されたロッカーには雅美博士の骨が納められ、彼は独身であったためにすぐ隣にまだ空であったが光緒の名が刻まれ、その隣のロッカーにはすでに光緒の妻和子と史郎と邦子の名も刻まれていた。

焼き場から持ち帰った骨壺を、〝光緒〟と刻まれたロッカーに入れるために開いてみると、何やら手紙のようなものが置かれている。邦子がその手紙らしきものを、不気味だが仕方なく手に取ると、表面に『遺書—弟へ』と書かれ、裏を返すと「雅美」となっている。

雅美博士は弟の骨壺入れロッカーに遺書を、自死を覚悟したときに前もって入れていたのだ。これでは警察でも捜せるわけはなかった。

しかし不思議なのは、宛先が「弟」となっているが、弟が死んで初めてこの扉が開かれることを、雅美はよく知っていたはずだ。とすると、雅美はこの遺書を本当は誰に宛てて書いたのだろう。わざわざ弟の死の扉をこじ開けてまで。

それはノーベル賞まで授与された自分の死を飾るための単なる世間騒がせの演出だったのだろうか。まさか、そんなことはあるまい。

史郎は思う。はっきりしているのは、弟の妻和子に宛てたものではない。和子は一生専業主婦をしていた高校教師の妻で、まさか雅美叔父が義妹を密かに想っていたというようなドラマ仕立てのことは、雅美叔父に限っては考えられない。

史郎はこの遺書の本当の宛名は雅美叔父、自分自身だと思った。いずれは世間に知ってもらわなくてはならない事の真実を、翌日に死ぬことを決めていた叔父が、最も捜すのが難しい、というか時間がかかって、しかも必ず見つかる場所を考え抜いて、弟の骨壺ロッカーに入れたに違いない。叔父の作戦は見事に成功した。

自死から二十年以上の歳月が経って、今頃発見されるとは、計算し尽くされたドラマといってもいいだろう……また史郎は思う。この遺書は、叔父自身に宛てられたものと考えるとすると、最初に読むべき人は誰だろうか、と。叔父自身の弟の一人娘、邦子は自分自身の妻ながら、冷静な女だし、あるいは邦子の叔父、精神科医の中里広二は、遺書の心理がいちばん理解できるかもしれない。しかし、家族ではなく、大学関係者、もうとっくに学長からは引退されていたが、雅美叔父が教授だったときの東都医大の学長、まだお元気な細胞研究者の徳永三郎氏という線もある。

しかし史郎はもう一つ大胆な考えをもっていた。この遺書は読まないで焼く。この遺書の中には雅美叔父自身の名誉を傷つけるようなことが書いてあるかもしれない。なにしろもう二十年近くも前に書かれたものだ。あの頃にはよくても、今読んだらとんでもないというような。史郎は邦子に相談した。

「読まないで焼くといっても、もう皆、存在を知ってるのよ。急に行方不明なんていったら、それこそ大騒ぎになるわ。誰かが盗んで古書店に売ろうとしたとか。世界的大ノーベル賞学者の遺書なんてすごい値がつくと言われて犯人探しで大変な騒ぎになる。マスコミってなんでも推測で書くわ。あたしは読ませてもらおうと思ってる。あなたと一緒に最初に。専門的なことはわからないけど、それはあとで勇美や東都医大の専門家とか広二叔父に読んでもらえばいい」

邦子の言ったことに史郎も賛成した。邦子は続けた。

「遺書は葬儀が終わるまで、実家で預かるわ。家に帰って勇美に読ませてもいいけど、勇美はショックを受けるわよ、きっと。読ませるとしても、最後ね」

そのとおりだと、史郎は今度も思った。そのとおり遺書は邦子が預かり、その日のうちに代々木の実家の鍵付きの引き出しに入れられた。

週刊誌は、葬儀を取材した記者の話を元にいろいろな推測記事を載せた。どれもトンチンカンなものばかりだったけど。

曰く、

『雅美博士の遺書発見さる。ノーベル財団が差し押さえか』

曰く、

『雅美博士の遺書、東都医大の開かずの間（失敗手術資料保存室）へ永久収納か』

曰く、

『佐々木博士の遺書、学会で来日した細胞学者、カンザス大学トンプソン博士*が密かに持ち帰りか』（＊架空の人物）

等々、すべて大外れの推測記事ばかりである。史郎はどれも読むたびに大笑いした。よくもこんないい加減な記事が書けるもんだと。

さて、葬儀が一切合切片付いて、家に落ち着くと、勇美の外出時を見計らって、夫婦は実家から持ち帰った遺書を開けてみた。さて、遺書の内容はもう少し後に、読者の皆様にも読んでいただくこととして、その前に少し、勇美の動向について書かせていただこう。ただの高校教師に過ぎなかった者の葬儀に、予想外の多くの記者たち、それも海外からかなりの人数がやって来た目的は、勇美に会うためだった。若くして来年度のノーベル医学・生理学賞の有力候補だし、その名はすでに世界的だったから。

勇美はもちろん、祖父の葬儀に出席した。そして記者たちに取り囲まれた。記者たちにとって、勇美の祖父の死なんて全く興味がない。

一つは医学的に疑いは全く晴れたというのに、実は祖父たる人物の死は、〝勇美新薬〟

（新たに〝ビクトリア〟と名付けられた）の副作用なのではないかという、ゲスの勘ぐり的な質問がほとんどだった。〝前は失明、今度は脳梗塞なんてことはないんでしょうねえ、本当に〟とか、〝ノーベル賞狙いで副作用が隠されたんじゃないですか〟とか。勇美は聞いていられなかった。どんなに説明しても、彼らはしつこく追いかけてくる。隙を見て、勇美は自宅に逃げてしまった。〝本当に疲れるな、あの小蝿たち〟。勇美はそんなふうにつぶやいた。

記者たちは、このときは遺書が発見されたことは知らなかったから、これで終わったからよかった。もしこのとき、遺書の存在を知っていたら、もっとはるかに大騒ぎになったであろう。

この後、週刊誌などが遺書のことで大騒ぎしたのは、遺書の存在を記者たちに教えた者がいたということになる。祖父の骨壺を開けるという極めてプライベートな、親族だけの集まりに潜り込んでいた記者がいたか、誰かが教えたか、これも家族内で大きな問題となった。ごくプライベートな場に潜り込むということは難しい。知らない顔がそんな所に入れば誰でもすぐわかる。つまり親族の誰かの中に、記者たちに、その日か、その後にしゃべった者がいるということだ。あとでわざわざしゃべるというのは考えにくいし、悪質だ。

勇美はたぶん、マスコミのことも何も知らない人物、祖母の和子あたりが、なんの気なしに〝夫の兄の遺書まで、こんなときに出てきましてね〟とかしゃべった可能性は充分あったと思っている。ほかにそんなことをする人物なんて到底いるとは思えないからだ。勇美の両親もそう思っているに違いなかった。なんの悪意もない、マスコミの怖さも知らない祖母がしゃべったとしても、祖母を責める気持ちなんか全くない。それよりも、中身を読んでいないので、全くわからないけれど、遺書は果たして本物なのだろうかという気持ちも、勇美にはあった。

けれども誰かが悪意で——なんの悪意かわからないけれど——わざわざ偽遺書を書いて、しかも教会の地下に、祖父の墓というか骨壺ロッカーが存在していることを知っていて、そんな〝悪事〟を働く人物がいるとは到底思えない。骨壺ロッカーの存在自体を知っている人物は、自分の両親と自分と祖母ぐらいしかいない。山本家の祖父、祖母も広二叔父だって知らないだろう。

ということは、どう考えても遺書が本物であることを疑う余地はない。勇美はどんなことでも疑ってかからずにはいられない自分の性格が嫌になる。人間、疑いだしたらきりがないし、一種の精神病とも思えてしまう。

さて、いよいよ史郎と邦子と、そして読者の皆様とごいっしょに佐々木雅美博士の遺書を読み始めることとしよう。

『この世に生きてきた六十年以上の大半を、私はキャンサー・イーター・ニッポーアの研究に捧げてきた。あの完成した日の喜びを、私自身、なんと表現したらいいのかわからなかった。東京オリンピックの日本中の熱狂にも、私は耳を塞いでいた。少しでも余所のことに気を取られたら、仕事の完成に支障をきたすような気がしていたからだ。

今思えば、その余裕のなさが今日のような、思いもしなかった大失敗の事態を迎えることになってしまったのだが。昔、私が青年の日、ある細胞の〝発見〟の真偽を巡って日本中が大騒ぎになったことがあったが、私は、あの夢の継続と完成を夢見ていたのだ。

二十年近くを研究室に布団を持ち込み、朝昼晩の食事を学生食堂で済ませて研究の日々を送った。何をしたかといえば、癌細胞が好きで食べ尽くしてしまうビールスとかバクテリアとかを発見することだった。一応、大学では教授の肩書きを頂いていたが、私には助手は一人もいなかった。こんな変わり者を助けようと思う者は、少なくともこの東都医科大学には一人もいなかったということだ。実験用のマウスに与える食事というか、餌も自分で作り与えた。試験管からビーカーからフラスコからすべての実験器具も自分で洗い、自分で補充し、資料のコピーなども全部自分でした。まあ、すべてが自分一人の手作りだったのだ。自分には妻もいなかったから孤独ではあったが、そうしたことには人間、慣れてしまうものだ。

私は寂しさなど考えずに、毎日ただ朝から晩まで実験を繰り返した。実験のことを考えないのは、寝ている時間だけだった。時にはついに完成したーと喜ぶ夢も見たけれど。しかし、専門的なことは家族に読ませるのに、書いても仕方がないから省くけれど、自分の眼が光るのを自分で感じた一瞬があったのだ。それはつまり、今日まで何千、何万というビールス、バクテリアたちの〝食の傾向〟を見続けてきて、毎日落胆の日々を送ってきたのだが、なんと癌細胞に食らいついているビールスを初めてこの目が捉えたのだ。

私は何かの間違いかと思って、それこそ食らいつくように顕微鏡を見ていたのだが、小さな洗面器にいっぱい浮かんでいる癌細胞を、おそらく何億という数の、私が初めて見たビールスがあっという間に食い尽くしてしまった。ところが別の洗面器に張っていた正常細胞には見向きもしない。

私は涙を流した。ついに何十年の研究が報われたのだ。早速、癌を植え付けた数匹のマウスにそのビールスを注射してみると、体の小さいマウスはなんとその日のうちに、癌細胞がすっかりと消えていた。人間に譬えれば、一週間から十日ぐらいで消えた勘定だ。しかし、まだわからない。私は癌細胞が消えたマウスの様子を二か月ほど観察し続けたが、残念なことに、どのマウスも失明していた。

私はその観察ですべてを悟ったのだ。このビールスは癌細胞を食い尽くすと、そのままマウスの体内に残り、一か月もすると今度は視神経を食い尽くすと。マウスの一か月とは、人間にたとえれば四、五年。人間もマウスも同じ哺乳動物で、おそらくその構図、つまり人間にこのビールスを注射すると、このビールスは癌細胞を食い尽くした後、そのまま体内に残り、癌から回復した四、五年のうちに今度は視神経を食べ尽くし、このビールスを注射された癌患者は一週間ほどで癌からは完全回復しても、結局は四、五年以内に、今度は完全失明してしまうであろうと。

私は繰り返すが、その循環をすべて知っていた。ほぼ百パーセント間違いないだろうと。何かの拍子で起きるわずかな例外はあっても。

しかし、私は決意した。このことは黙っていようと。この二十年にわたる暗がり生活を清算するために、明の部分、つまり癌患者を百パーセント救うことだけを発表しようと。そして全世界を驚かし、苦しんでいる癌患者は全員救い出し、天にも昇る幸福を味わってもらおうと。そしてあるいは、自分がマウスで見た悲劇が人間には起こらないという〝大外れ〟を見てみようと。

しかし私は信じていたのである。この〝大外れ〟は絶対に起きないと。全世界百何十万人の癌患者を助けて、四、五年後には百何十万人の失明者を見るであろうと。そしてこの失明者をこの目で見たとき、私は首を縊《くく》ることによって責任を取ろうと。

こんな私が首を縊ることで責任を取れるなんて表現はとても使えないことを、私はよく知っているつもりだが、せめてもの償いをと思って、自死を敢行する。要するに私はノーベル賞をもらいたかったのだ。すべては私の名誉欲が為した大罪なのだ！

センチュリアを打たれた癌患者たちの中で、早くも一年で完全失明者がぽつりぽつりと出始めていた。まだ世界の眼科学界は、センチュリアとの関連など夢にも考えずに新しい恐ろしい眼病の出現に驚いた。そして虚しい大研究を開始したのだ。今、センチュリアが人体に打たれ始めて二年、もう日本だけで一万人以上の完全失明者が出ている。三年、四年と経つと、おそらく日本で十数万、世界で百万人以上の失明者が出るであろう。これはもう決定している事実である。

センチュリアの注射をやめて、従来の手術、放射線、抗癌剤、免疫療法の治療を選択するか、センチュリアを打って癌を治し失明をとるか、皆様方よ、早く気がついてと申し上げたい。

こんな自分が起こした大悲劇を見ながら、なぜ私は学界にこのことを発表しないのか。私はノーベル賞を頂いた栄誉にしがみついている寂しい人間なのだ。せめて自死というかたちで責任をとりたい。責任をとったといえるかどうかは別として。

そして近い将来、どなたかに、副作用の全くないセンチュリアを開発してほしい。
向こうの世で成功を祈り続けております。
皆様お世話になりました。ありがとう。
これにてお別れです。
二〇二二年　十月二十八日　　　　　　　　佐々木雅美』

史郎も邦子も泣いた。もう涙が出ないほど号泣した。雅美叔父のすぐ近くで、そしてわずか二十年後に、史郎と邦子の息子が、副作用の全くないセンチュリアというかビクトリアの開発に成功したのだ。

人類は完全に癌死から解放された。この事実をなんとか雅美博士に知らせたいと邦子は心から思った。

史郎たちはこの遺書を、勇美にも広二叔父にも邦子の母にも、史郎の両親にも読ませないで、東都医大の元学長に送った。マスコミには絶対に見せることのないようにという条件付きで。

そしてこの遺書は、東都医大の最も貴重なものが秘密で残されている金庫に保存された。

おそらく数百年の単位で開けられることはないだろう。この世から消えたも同然だ。

元学長氏から邦子宛に御礼の手紙が来た。感謝の気持ちが籠った、短い手紙であった。

「雅美博士の御遺書、確かに受け取りました。博士の心の重荷が充分に私にも伝わってきました。御指示のとおり誰にもこの手紙の存在は伝えません。大学の、おそらく開けられることのない地下三階に置かれた金庫に、元学長の肩書きを最後に使わせてもらって保存いたしました。私のような老学者に御配慮ありがとうございます。深く御礼申し上げます」

とだけ書かれていた。


再び世の中から癌専門病院が消えた。今度は完全に用がなくなったのである。

翌年の九月、勇美が自宅で読書をしていると、携帯が鳴った。国際電話で北欧からだった。英語で、ノーベル医学・生理学賞部門の責任者から「今年度のノーベル賞の有力候補者として貴方の名前が推されているが、受賞の意思があるかどうか」という電話だった。

「私はまだ二十五歳、そんな賞を頂くには若すぎますし、まだ何が起こるかわかりません。あと十年ほどして、私の開発した薬が絶対に副作用のないものと確認されましたら、また声をかけていただければ幸いです」

勇美はそんな主旨のことを言ってノーベル賞の受賞を断った。ただしこのことは、マスコミには秘密にしてくれるようにというお願いも加えて。

十月のノーベル医学・生理学賞の発表を、日本中の国民とマスコミが待ち望んでいたが、残念なことに空振りであった。

マスコミは、日本政府に力がないからこんな馬鹿なことが起こるのだといった調子で、トンチンカンな論評を書きたてた。

勇美は笑いながら、これらの論評を読んだ。

両親は、発表があったその日は、別に普段の日と一緒で、そんなことは話題にも上らず、〝勇美、この頃ゆかりにね、ボーイフレンドができたらしいわ〟とだけ言った。

この日、ゆかりは深夜のご帰宅だった。

天ちゃんは、いつもの座布団で寝ていた。

了

あとがき

『楽園と廃墟』より一年ぶりに長編小説を書きました。いつの日か書こうと思っていた近未来医療小説です。タイトルにもありますように、夢のような幸せの陰に悪魔が潜んでいるということは、現実にあることです。特にそれが医学の場合には時として悲劇を生むこともあるようです。

この小説は全くのフィクションですが、テーマは悲劇だとしても、エンターテイメントとしてはお楽しみいただけるかと思っております。

筆者、この小説を書く前に初めてビジネス書にも挑戦しました。広告代理店の私的な案内書です。二冊の本を三か月で書いたのは、私にはハードでした。もうこんなことはいたしません。齢を考えて……。

来年も一冊ぐらいは長編小説に挑戦することをお誓いして、筆を擱かせていただきます。

二〇一六年　初冬

井上卓也　拝

お断り

この小説はすべてフィクションです。

現在、癌あるいは眼の病気で闘病されている、どの方にもなんの関係もありません。

筆者は医学には全くの素人の文筆家ですので、この作品に登場する一見医学的な情報も、すべて筆者が勝手に作り上げたフィクションであることをまずお断りしておきます。

また、日韓の自動車ビジネスの話題や、そのほかの不動産関係のビジネスの話題もすべてフィクションです。


いつの日か、この難病が人類の敵でなくなる日が来ることを心より祈っております。

著者プロフィール

井上 卓也（いのうえ たくや）

東京都品川区大井町にて、作家井上靖の次男として生まれる。

慶応義塾大学文学部史学科卒業後、株式会社電通に入社。

CMプランナーとして、JR東日本の「フルムーン」や「エキゾチック・ジャパン」、
サントリーやネスレ日本、三井のリハウス等々、35年で約500本のCMを作る。

一方、三十代から小説執筆を始め、『文學界』や『別冊文藝春秋』に中編小説を執筆、その他、
雑誌、新聞等にエッセイを多数発表。

電通退社後は、大学、カルチャーセンターなどで講師（コミュニケーション論）を務める。

現在、「井上靖財団」評議委員。

〔著書〕
中編小説集『神様の旅立ち』（アートン）
長編小説『暗号名「鳩よ、飛びたて」』（文芸社）
中編小説集『極楽トンボ』（万来舎）
長編小説『楽園と廃墟』（万来舎）
伝記『グッドバイ、マイ・ゴッドファーザー　父・井上靖へのレクイエム』（文藝春秋）
伝記（共著）『父の肖像』（かまくら春秋社）
長編小説『幸せからやって来た悪魔』（万来舎）

幸せからやって来た悪魔

2017年3月25日　初版第1刷発行

著　者　井上卓也
発行者　藤本敏雄
発行所　有限会社万来舎
〒102-0072　東京都千代田区飯田橋2-1-4　九段セントラルビル803
☎　03（5212）4455
E-Mail　letters@banraisha.co.jp
印刷所　株式会社エーヴィスシステムズ

ISBN978-4-908493-11-9